El Palabrador

Edgar Smith

Cuentos

El Palabrador

Primera edición, 2013

Fotografía de portada por Carlos Jiménez

Diseño de portada por Edgar Smith

© Edgar Smith

Para Abu & Mamá Inés

Indice

Wenceslao

"¿De qué Adán anterior al paraíso, de qué divinidad indescifrable somos los hombres un espejo roto? "

La cifra,

Jorge Luis Borges

Imaginado una tarde, Wenceslao Tejada cobró vida y fama sin haber nacido. Fue campesino, tirano de título, presidente de la república, y asesino ajusticiado. Como el Quijote, trascendió su nombre al de su creador. En vano intentó Luis Domínguez desbaratar la ficción concebida como una sátira en un magazine olvidado. Wenceslao Tejada se erigió titán en la psiquis del pueblo dominicano, ayudado por la omnipotencia del internet, esa red intangible que, aún en vida, habría sido ininteligible para el casi mártir. Según la fantasía del autor, Trujillo no murió el 30 de Mayo del 1961. Ese fue Wenceslao, su doble. Trujillo salió de la isla y, cambiado su rostro con cirugías plásticas, y cientos de millones de dólares, se fue a vivir a Europa, donde murió de muerte natural casi treinta años después.

Movido quizás por la viabilidad del relato, recuperó mi imaginación el nombre de Wenceslao Tejada en la hondura de un sueño, y, cual dios, tejí sus formas hasta hacerle de carne y de hueso y de sangre, y con el aliento de la madrugada le llené los pulmones del onírico oxígeno que le dio vida y autonomía. Transcribo aquí, entonces, lo soñado:

Wenceslao despertó con un susto profundo. La noche no aullaba desde la loma como lo hacía normalmente. Al contrario, metía miedo de callada. Wenceslao sintió frío, y se dio cuenta que había estado sudando. Por la ventana, abierta de par en par, caían en cascada las sombras y el universo. Si un hombre desafió alguna vez la sabiduría del libro primero, ese fue Wenceslao Tejada. Que nadie sabe el día ni la hora reza el sagrado libro. Wenceslao, tanto como que la noche no culmina nunca, sino que se extiende en algún arrabal del mundo hasta retornar a la Villa de los Almácigos, donde sus padres le trajeron al mundo, supo que aquella sería, sin una duda, su última madrugada.

Preparó café y se sentó a pensar en huir. Bajó la cabeza. Tenía vergüenza de su miedo. Johnny Abbes le había jurado muerte a sus hermanas, a su mamacita, a sus sobrinos...huir no era posible. *Naiden*, pensó, *juye pa andai depue caigando con tanta mueite en el aima.* Maldijo a Johnny Abbes. En voz alta, como para darse valor, maldijo a todo el SIM, al Generalísimo, a Abbes una vez más, a su propia cara la maldijo, una y mil veces. Wenceslao apenas sí había visto, sin interés, la foto del Generalísimo en casa de Doña Loida, la única vez que había pasado por la capital antes de los eventos que cambiarían su existencia. No se reconoció en esas facciones. Si había parecido alguno, no lo notó. La dictadura misma no pasaba de ser una cosa abstracta y comentada. Trujillo y Johnny Abbes, y el SIM, y los comunistas, y los gringos, y toda esa politiquería, le tenían sin cuidado. Para Wenceslao lo único valioso y verdadero eran el campo, la tierra fértil, el café caliente, la mula, la soledad, los amaneceres. Todo aquello cambió cuando Abbes lo vio. Apretó los dientes como para evitar recordar. Afuera la noche iniciaba con pereza su agonía. Aquella mala tarde, a la carreta de Don Guero se le había desprendido una punta de eje. Wenceslao trataba de enderezarla a martillazos cuando tres vehículos le pasaron por la vera. Don Guero, nervioso, le dijo que ni se volteara. Wenceslao no vio a Abbes bajarse del carro, sólo sintió su presencia a unos pies de distancia, como debe ser quizás presentir al diablo. Don Guero saludó respetuoso, pero Johnny Abbes no le escuchó. Sin ceremonia, ni presentación, le ordenó a Wenceslao pararse. El campesino obedeció sin oposición. Abbes lo escudriñó por un minuto, midió su altura con ojo experto, adivinó de él algunas cosas que él mismo desconocía. Luego le preguntó su nombre. Una cosa brillaba violentamente en los ojos de aquel hombre. Wenceslao presintió entonces que lo que vibraba en aquellas retinas era el impulso de una terrible idea. Abbes se marchó, sólo para regresar al otro día. Llegó acompañado de tres hombres armados y se llevó a Wenceslao para la capital. Desde entonces, ya Wenceslao no se pertenecía. Cuando lo llevaron en secreto frente al Benefactor de la patria, este le estudió en silencio por unos minutos. Sólo él, Abbes y Wenceslao estaban en su despacho. A esas alturas, todavía Wenceslao no entendía de qué se trataba aquello. Una tarde, habiendo sido aprobada la propuesta de Abbes, Wenceslao fue llevado a una casona de aspecto tétrico. En silencio atravesaron la estancia. A pesar de la hora, estaba oscuro adentro. Abbes encendió un cerillo y Wenceslao ahogó un grito en sus palmas. Sólo durante lo que tardó el cerillo en apagarse, Wenceslao Tejada pudo ver el horror que guardaban aquellas sombras. A la salida, Abbes le dijo que esa era la Cuarenta. Nada más fue necesario. Wenceslao no se enteró del plan que Abbes le había diseñado sino hasta tres meses después, cuando lo mandó a buscar, lo mandó a recortar, a afeitar, y lo vistió como se vestía el Tirano. Cuando se vio al espejo, tuvo que tocarse para saber que era él. Johnny Abbes hablaba con terrorífica parsimonia, pero también con abrumadora autoridad. Le ordenó no abrir la boca. Wenceslao caminó ese día entre muchas personas sin decir una palabra. Lo montaron en un auto, lo pasearon por algunos lugares y le ordenaron pararse como una momia ante varias personas vestidas de traje. Abbes le dijo, *sonríase sin enseñar los dientes cuando alguien que parezca importante le mire a los ojos.* Fue todo. Cuando lo devolvieron a su casa ya entrada la noche, uno de los hombres le dejó un sobre con cien pesos oro y le dijo que no saliera del pueblo y que no hablara con nadie. El miedo que Wenceslao desarrolló hacia Johnny Abbes era directamente proporcional a las veces que le veía. A mayor número de encuentros, más le temía. Cada vez que se encontraban, Abbes le daba nuevas instrucciones. Para Wenceslao, la tarea de hacerse pasar por el Generalísimo era cada vez más compleja y más arriesgada. Lo hacían saludar a gente importante, daba la bendición a niños, repartía regalos en navidad, y, en algún momento, soportaba el escrutinio incisivo y silente de generales y traidores. En aquel suplicio se pasó cinco años. En más de una ocasión, le había quedado claro que lo montaban en un auto rumbo a la boca del lobo. No se lo habían dicho nunca, pero una vocecita detrás de sus orejas se lo susurraba: alguien ha decidido matar al Jefe. Hay un traidor que te dará tres plomazos y creerá que ha liberado a la patria. Le quedaba claro que el destino le había deparado una terrible suerte: había nacido Wenceslao Tejada, pero moriría Rafael Leónidas Trujillo Molina.

Se vio al espejo cuando el sol irrumpió en la sala y permaneció odiando sus rasgos por largo rato. El día era un acertijo de tanta luz. Del aljibe sacó agua para bañarse. Del azul del cielo, la traición de una esperanza. De un perro en la distancia, una fútil ternura. De algún modo, el presentimiento de su muerte le aterraba lo mismo que le aliviaba. Cuando fue la una, oyó el murmullo de los vehículos sobre la calle empolvada. Como ensayado, sus manos asumieron de inmediato un molesto temblor y su corazón dobló el paso. Había escrito con precariedad una carta a su único amigo, Félix Noboa, donde le contaba su tragedia. Mientras escribía, se preguntaba si Noboa sabría leer, y, en caso de saber, si entendería aquellos garabatos. De súbito, recordó que una mañana un niño delgado y feo llegó hasta su puerta y le dijo que su papá lo había invitado a comer. Wenceslao había caminado taciturno y desganado, contemplando la simpleza de la llanura. Félix y su esposa le abrieron las puertas de su casa y le aceptaron en su mesa. El niño enclenque jugaba con unas laticas como si fueran carritos. En el momento que la ventana reveló el rostro de Johnny Abbes, sacó la carta y la tiró al fuego del café. No hubo sorpresa. No para Wenceslao. Johnny sí se sorprendió de verlo recién afeitado, peinado al estilo de su patrón, y con un cierto velo de resignación que, por un brevísimo instante, Johnny Abbes confundió con coraje. Se fueron como siempre, callados y ajenos. Si acaso,

Wenceslao notó que Johnny le prestaba más atención que cualquier otro día. Ambos, con el rabillo del ojo, se husmeaban.

De todos los que participaron en el ajusticiamiento, ajusticiados y ajusticiadores, sólo Abbes, Trujillo y T.S. Dracul sabían que el jefe habría de morir esa noche. Y también que el jefe no moriría. Los gringos le dieron las armas y los datos de inteligencia a los patriotas, a Trujillo le dieron el transporte que lo sacaría de la isla, y a Johnny Abbes el visto bueno para que matara a todos los involucrados una vez completada la misión.

Camino a San Cristóbal, Wenceslao se entretuvo con la danza de las palmeras y con el vuelo casi triste de las gaviotas. Misteriosamente, la noche simulaba la orilla de un riachuelo. Zacarías, el chófer, le miraba por el retrovisor. Abbes le había instruido a echarle un boche cuando el chófer se pusiera curioso, pero Wenceslao no le había obedecido. Ese detalle, esa diminuta y secreta desobediencia, era lo más cercano a un triunfo. Si Zacarías podía, que sacara sus conjeturas. A él le tenía sin cuidado.

El primer disparo sonó como un trueno. A ese le siguieron otros y la noche se volvió loca y sonora como un carnaval. Zacarías salió del vehículo tirando plomo. Wenceslao, sin saber qué hacer, tomó el revolver que pertenecía al Generalísimo y disparó sin apuntar varias veces mientras intentaba escapar a un destino que no merecía. De reojo, vio a Zacarías caer abatido por el plomo y no se le escapó la ironía del suceso: un hombre acababa de perder la vida protegiendo a un total extraño, sólo porque otros hombres decidieron que su lealtad no valía ni la bala que lo mató. Un carro le embistió y una bala buscó sus entrañas como para acurrucarse en él. Inexplicablemente, al caer, pensó en las gaviotas y en las palmeras, y fugazmente, en su madre que tanto hacía que no veía. En el duro asfalto, Wenceslao levantó el arma, no para disparar, sino más bien como muestra de que ya estaba vencido. Un hombre blanco, mirándole a los ojos, le dio otro tiro y Wenceslao, con el último aliento, intentó decirles que él no era su enemigo, que él no era el Generalísimo, el Benefactor de la patria, el Padre de la patria nueva; que él era un desgraciado con la cara del Jefe; que él era un títere; que él era no más que un campesino, un desdichado campesino disfrazado de Presidente.

Desayuné en silencio. El sueño había sido tan límpido que por un momento me entregué al capricho de que había sido, más bien, una memoria. Oré por el alma de Wenceslao Tejada como si en verdad hubiera vivido y muerto en aquellas trágicas circunstancias. De algún modo, cavilé, sorbiendo el café que a lo mejor ardía como el suyo la tarde que Johnny Abbes le buscó por última vez, que en algún universo alterno, estas terribles cosas sí sucedieron. Dejé la taza sobre el mantel manchado y, pensativo, me dispuse a escribir.

Un día de guerra en el '65

"...mas hoy que ya parece renaces a otra vida,

con santo regocijo descuelgo mi laúd,

para decir al mundo, si te juzgó vencida,

que, Fénix, resucitas con nueva juventud..."

A la patria,

Salomé Ureña de Henríquez

De la guerra sólo se veían las trincheras, la desolación imperiosa, y la prisa de la gente con la cabeza gacha, temerosos de una bala perdida. De cuando en cuando, a los cobardes como el Curro por poco se les salían las miserias al ruido de disparos, por más distantes que fueran. Para su suerte, no había disparos la mañana que decidió regresar de San Juan. No obstante, lo invadió un terror indecible al ver el cadáver reciente de un anciano borrachón al que en vida llamaron Tuto Botella, echado como si nada en el contén, los ojos como huevos duros, amarillentos y sin vida, las manos tiesas, y la boca abierta, como si hubiera muerto con sed. El disparo le había dejado un orificio perfecto sobre el ojo izquierdo, por el cual a penas se distinguía un seco rastro de una sangre negruzca.

El Curro apresuró el paso, emulando a su propio corazón, que latía inescrupulosamente por las vías del miedo. Había permanecido un mes en San Juan, en casa de una mulata voluptuosa que él decía que era su mujer. No se sabe, ni se sabrá, de dónde sacó la idea de que al mes, ya la guerra había terminado. Por eso regresaba a casa, a la calle Enriquillo, a hablar de Baseball con los vecinos y a piropear muchachitas.

Al chocar de frente con la cruda realidad, se sintió frustrado, estúpido y, por supuesto, muerto de miedo! Pocas personas rondaban las calles, como era de esperarse, y uno que otro anciano escuchaba las noticias en raditos portátiles de sintonía defectuosa. De sus conocidos no vio a ninguno, pero tampoco le resultó extraño bajo las circunstancias. Al ver el portón maltrecho de su casa, sintió un alivio instantáneo, casi milagroso. Alivio que tristemente duró muy poco.

Como una manada de lobos, yacían por doquier, unos sentados en los muebles, otros en el piso, algunos parados contra la pared, más de una docena de soldados americanos. Los invasores, que nunca le había parecido tan apropiado el término, habían ocupado su dulce hogar. Lo primero que sintió fue rabia, una rabia alienígena para él, pero fugaz, pues dio paso, al divisar las granadas y los *mousers*, y aquellos rostros desganados e indiferentes, a un miedo casi concreto acuñándose vertiginosamente en su corazón. Había subido las escaleras, que yacían medio penumbrosas a pesar de la hora, y ahora las había descendido hasta la mitad, dispuesto a salir de allí corriendo. Sin embargo, un viso de sensatez le detuvo. ¿A dónde iría si aquella era su casa? No tenía a donde ir, lo único que podía hacer era tratar de mediar con aquellos vikingos. Para envalentonarse, terminó de subir las escaleras, entró resuelto a la sala, sorteando como podía pies y rifles extendidos, hasta llegar a la cocina. Allí también encontró dos soldados dormitando sobre la mesa de plástico, sus cascos al lado, justo delante de sus armas mortales. Como si se tratara de niños a quienes no quería despertar, trató de abrir con gran delicadeza la puerta de la nevera, la cual se encontraba inusualmente difícil de halar. Había decidido (motivado por su miedo) que abrir su nevera y tomar un vaso de su agua provocaría un efecto psicológico de incremento de valentía. Cuando la puerta al fin cedió, el pobre Curro dio un respingo, y de un salto cayó a un metro de la nevera. En lugar de agua, había encontrado granadas.

Uno de los soldados de la mesa, de pelo amarillo, y blanco como la leche, levantó la cabeza, le vio con ojos vidriosos, aún encantados por Morfeo, y se dejó caer sin prestarle mucha atención. El otro, de tez un poco más oscura, y cara de villano de películas mejicanas, le miró fijamente por espacio de cuatro segundos, que al Curro le parecieron horas. En un gracioso Español, le dijo que se marchara antes de que bajara el Capitán, que si lo encontraba allí, podía darse por muerto. Dicho esto, dejó caer la cabeza en la mesa y, como si se tratase de una broma, dejó escapar un ronquido espeluznante. El Curro se quedó mirándolo incrédulo, pensando a la vez en sus palabras, sintiendo sin querer la presencia del Capitán asesino. Sin saber qué hacer, hizo de tripas corazón para despertar al soldado, quien le miró con ojos extrañados. El Curro, con palabras incoherentes, le dijo que aquella era su casa. Si intentó decirlo con firmeza, no lo logró. Sus palabras apenas sonaron como una plegaria, un ruego humilde. El soldado, entendiendo la situación, le dijo que lo mejor era que se fuera a otro lugar hasta que todo aquello concluyera, pues al Capitán a cargo, hasta ellos le temían. Como por arte de magia (o por obra del demonio, si le preguntan al Curro) ensombreció la cocina una silueta enorme. Era el Capitán que entraba con su *Mouser* en la diestra, con el ceño fruncido y los ojos endemoniados. Un hedor indescriptible emanaba de sus ropas camufladas y a sus ásperas botas las decoraban una amalgama de manchas de sangre. Medía diez pies, según contó el Curro, y tenía barbas amarillas y largas. Al verlo, el Curro intentó decir algo, posiblemente una disculpa por haber entrado a su propia casa, pero antes de poder articular palabra alguna, el Capitán le gritó en el rostro: *Shut up, Goddamit!* y el pobre Curro salió corriendo escaleras abajo, rumbo al campo de batalla.

Años más tarde, cuando contaba la historia, el Curro decía que si no había implantado un récord de velocidad bajando las escaleras, por lo menos había tenido un buen promedio.

Según las malas lenguas, el día de la retirada, al Capitán le mataron uno de sus soldados. Dicen que se devolvió en medio de la balacera, se quitó el casco porque le restaba visibilidad, y, tomándolo del cuello de la chamarra, se lo llevó arrastrando hasta perderse tras una cortina de humo y plomo.

Al Curro todavía le tiemblan las rodillas si oye a alguien decir: *Shut up! Goddamit!*

En Malaplaza

"El amor y el interés se fueron al campo un día

y más pudo el interés que el amor que le tenía."

Proverbio dominicano

Que yo me hiciera rica en Malaplaza, un pueblito casi fantasma en las afueras de Campo Pleno, al Noroeste de la capital, por donde pasaba cada año y apenas me quedaba unas horas, es prueba irrefutable de la aleatoriedad del mundo. Lo conocí en el pueblo, en uno de mis anuales viajes a las montañas. Su Mercedes Benz rojo era imposible de ignorar entre vacas, legumbres y caballos. El mismo, con sus ropas de lino y sus lentes de sol, era también una visión imposible de pasar por alto. Ese día me pareció ver una pequeña conmoción alrededor suyo: varias personas, en su mayoría ancianos, prácticamente le rodeaban. A alguien le pregunté quién era aquel hombre y, viéndome con ojos que me acusaban de haber blasfemado contra el mismo Jesús, me dijo con tono incrédulo, ese es Desti Nobien. Más tarde, ya bien entrados en la ruta montañosa, uno de mis compañeros comentó que el hombre de lino era la figura más famosa de Malaplaza, que era una especie de Pablo Escobar, que ayudaba a todos en el pueblo. José preguntó si era narco, pero no hubo respuesta. Alguien más hizo un chiste y las carcajadas ahogaron toda posibilidad de continuar el tema con algún grado de seriedad. La segunda vez que le vi, observé sus facciones. Nos sentamos bastante cerca uno del otro. Fue en la celebración de las patronales de Malaplaza que se celebran cada año. Me sorprendió que, a pesar de andar vestido como todo un ejecutivo, no, más bien como una estrella de cine, estuviera sentado en una mesa idéntica a todas las demás, en medio de la muchedumbre, bañándose de pueblo. Nobien tenía ojos saltones, nariz ancha, pelo crespo y sonrisa humilde. Reía a carcajadas y sinceramente, y había en su forma de manejarse con los demás una improbable autenticidad. Sin hablarle si quiera, ya me caía bien. Nos presentaron ese mismo día, y me trató cordialmente, pero, para mi sorpresa, con marcada timidez. El resto de la tarde, se la pasó mirando de reojo hacia la mesa donde estaba con mis amistades. En algún momento, ya embriagado, me miró sin disimulo. Antes de marcharse, tambaleante y obviamente envalentonado por el milagroso alcohol, me invitó a bailar. Tenía dos pies izquierdos y era sordo al ritmo del merengue, pero olía a buen gusto y, aún bajo los efectos del alcohol, no dejaba de ser amable y respetuoso. Mi prima Julissa, que vivía en el pueblo, me llamó para decirme que Desti Nobien estaba enamorado de mí. Hacía más de un año que no iba por esos lares, desde que comencé el trabajo en la publicitaria. Ya se acercaba de nuevo el tiempo de las patronales. Le pregunté de dónde había sacado aquello y me dijo que él mismo se lo había confesado. El corazón no miente, había dicho. Julissa me aconsejó que no fuera idiota, que Desti Nobien era el equivalente humano a sacarse la lotería. Aquella noche pensé en las posibilidades. Hacía dos meses que había terminado con Oscar y, aunque me había jurado darme un tiempo a solas, no me desagradaba la idea de una relación con un hombre maduro, rico y educado. Nos casamos dos meses más tarde. El pueblo entero se vistió de fiesta. La boda fue, sin lugar a dudas, la celebración más grande y costosa en la historia de Malaplaza.

Desti resultó ser un hombre maravilloso. Era atento, detallista, y educado. De sus padres heredó la única empresa metalúrgica del Noroeste y varias minas de sal. Estudió ingeniería hasta que sus padres fallecieron en un accidente de tránsito. Desde entonces se dedicó por completo a los negocios. Su afabilidad, su forma respetuosa, y su tendencia a ayudar, le convirtieron, en pocos años, en la figura más querida de la pequeña comunidad. Nunca se había casado, y, hasta donde supe, sólo se le conoció una novia. Según mi prima, Desti quedó frustrado con aquella muchacha, al punto de ahogarse sólo en su trabajo, sus libros, y sus obras de caridad. Una vez, borracho, dijo que estaba esperando a la mujer de su vida, que él sabía que llegaría. Alguien le preguntó cómo sabría cuál era. Desti miró al cielo y murmuró, *el corazón no miente*. Desti Nobien era poco menos que un mesías. La escuela del pueblo funcionaba de manera gratuita, financiada por sus empresas. Los ancianos tenían una especie de seguro médico en lo que la gente de Malaplaza conocía como clínicas rodantes. Eran dos trailers o furgones equipados con todo lo necesario para facilitar primeros auxilios, ayuda farmacéutica, etc. Las patronales corrían por su cuenta, al igual que las fiestas navideñas. Era padrino de casi todos los niños del pueblo, y en día de Reyes, cada uno recibía un presente. Su bondad era legendaria, pero no le gustaban los abusos. A más de uno le negó su ayuda cuando entendió que trataban de engañarle. Siempre decía que bueno sí, que pendejo no. Desti Nobien, decían sonriendo los lugareños, era el otro hijo de Dios. Sencillamente, parecía ser perfecto. En el matrimonio, Desti prometía no ser distinto.

La mañana que me hice rica, Desti salía del banco cuando dos hombres se enfrascaron en una discusión acalorada. Eran las 9:36 y el sol brillaba en el cielo como anunciando un día maravilloso. Desti conocía sólo a uno de los hombres. Cuando se fueron al puño, Desti corrió a desapartarlos. El era así, le molestaban las peleas, las discusiones, las intrigas. Muchano Ticia, el policía que me fue a buscar a la casa, me dijo que Desti no se defendió. Tenía el pobre hombre los ojos húmedos.

Desti se metió en medio de los dos hombres y les dijo que no pelearan, que los hombres de verdad se miran a los ojos, se dicen lo que tienen que decirse, y buscan la manera de resolver sus diferencias. Lluvio, a quien Desti conocía, bajó la cabeza asintiendo. El forastero, cuyo nombre se perdió en el odio, miró a Desti a los ojos mientras sacaba de su cinto un cuchillo. El extraño le hundió el acero tres veces en el estómago y le dejó tirado en el suelo empolvado. Lluvio gritó como si a él también le hubieran matado. En tres minutos todo el pueblo estaba en la calle, una mitad intentando salvar la vida que ya se había escapado de Desti Nobien, y la otra mitad quitándole la vida al desgraciado que lo había asesinado.

Esto sucedió exactamente siete días después de nuestra boda. Cuatro días más tarde, la policía tuvo que escoltarme fuera del pueblo. Mi prima Julissa, quizás inconscientemente, comentó lo duro que tenía que ser para una esposa perder a su marido a la semana de casados. Inmediatamente después, como reflexionando para sí misma, dijo que no era tan malo después de todo, si en una sola semana yo había pasado de empleada a millonaria. Quizás no lo notó, pero en ese momento todos los presentes se miraron, una luz envenenada de odio como denominador común en sus miradas.

Nunca más he vuelto a Malaplaza. Me apena no llevarle flores a mi pobre marido.

Edgar Smith

La relativa realidad

"Cuando veas un gigante, examina antes la posición del sol; no vaya a ser la sombra de un pigmeo."

Friedrich Von Hardenberg

Supongo que todas las cosas suceden más o menos de la misma manera: alguien ve algo, se va, y lo cuenta. El asunto es que lo ocurrido raras veces se relata con fidelidad. El que cuenta aplica sus leyes al cuento. Alguien escribió: El evento nunca es del tamaño de cómo se cuenta. Nadie cuenta lo que ve tal y como lo ve; y esto por diferentes razones. A veces, ni siquiera hay una razón lógica. Es simplemente que al contar, quien cuenta se olvida de detalles o del orden en que sucedieron los eventos. La mayoría de nosotros exageramos o minimizamos los hechos. Una persona ve o escucha algo que encuentra gracioso, pero al momento de contarlo, entiende que quizás para el que le está oyendo, no será tan gracioso, y termina adornando el cuento con detalles inventados que, a su juicio, hacen el relato mucho más gracioso de lo que era originalmente. Por supuesto, después de hecho esto, ya nunca sabrá si su interlocutor se habría o no reído del evento verdadero, pues la oportunidad de averiguarlo se ha marchado. Pero ahí no para la cosa; pues resulta que quizás, en alguna otra ocasión, al decorador de eventos se le presenta la oportunidad de repetir la graciosa (pero alterada) historia a otra persona, en otras circunstancias, o de cultura, diferente. Digamos pues que, a su entender, más afín con su propia idea del humor. El buen hablador, confiando en dicha percepción, se lanza a relatar el dichoso hecho, mas esta vez, orgulloso de su propio sentido del humor, se apresta a contar las cosas tal y como sucedieron. Para su sorpresa y decepción, lo relatado no causa la más mínima gracia al amigo, y, para colmo de males, resulta que el amigo ha escuchado la historia anteriormente, pero, por supuesto, ha sido mejor relatada y mucho más graciosa, pues a ésta le faltan detalles hilarantes de la Original, que le ha sido contada nada más y nada menos que por aquel desgraciado que nunca tuvo la oportunidad de escuchar la *verdadera versión original*. Ahora, el hablador, iracundo, se resiste a creer lo que ha ocurrido, y, envalentonado por el hecho de ser el contador original, decide desmentir dicha versión de la historia optando por admitir haber alterado los hechos con el noble fin de hacer reír a su amigo. El otro, aún sin entender del todo por qué un hombre adulto se presta a delatarse a sí mismo y quedar ante él como un infantil mentiroso por semejante tontería, no tiene otra opción más que asentir con cierta indiferencia, al tiempo que busca, vanamente, algo de qué hablar. Así, el último en enterarse creyó en una realidad que nunca existió. Según Einstein, un minuto sosteniendo un tazón ardiente se percibe que tarda más que un minuto haciendo algo que se disfruta. Todos lo hemos experimentado. Las horas parecen no acabar nunca mientras se está en el trabajo, pero la misma cantidad de horas parece volar en una fiesta. De ahí que la realidad sea no más que la percepción de las cosas que nos rodean. Un mismo evento será relatado de muchas maneras diferentes dependiendo de la cantidad de personas que lo observen. Y por lo menos dos de esas versiones no coincidirán prácticamente en nada. Las personas que escuchen dichas historias creerán cada una de estas realidades porque vienen de personas que estuvieron allí presentes. Y al contarlas, ellas mismas alterarán algunos detalles. Para ilustrar este fenómeno, me permito contarles lo que ocurrió hace años ya. Es la historia de la señora que murió jurando haber visto un hombre romperse una pierna y ponérsela de vuelta... él mismo! Un cuento descabellado por demás, pero, hasta cierto punto, real. Ciertamente, un motociclista, doblando una esquina a velocidad imprudente, se halló con la sorpresa de que había una zanja en medio de la otra calle, en la que cayó aparatosamente. La doña, que barría su acera en ese momento, queda impactada por el accidente, y, gritando a todo pulmón, pide ayuda para el infeliz. Rápidamente, y como sólo la gente de barrio sabe hacerlo, un nutrido grupo de observadores rodea al motociclista, que, pasado el susto, se dispone a escalar, hasta el borde de la zanja. En esto, la señora, que no para de gritar en su impresión, también se acerca, temerosa y curiosa a la vez, y llega a divisar al temerario justo en el momento que logra salir del hoyo. Al sentarse en el borde, todos ven, con gran asombro y espanto, que la pierna izquierda del hombre ha quedado en un ángulo imposible. Al verlo, la señora se lleva las manos a la boca, gritando entre sollozos y horror que el hombre se ha partido la pierna. Vienen otros curiosos, pero sólo los que están más cerca del accidentado son testigos oculares del insólito hecho: Con gran presteza, el hombre toma la pierna, de la pantorrilla, con ambas manos, y como si se tratase de una bota, de un jalón se la coloca en su posición natural.

Un *¡aaah!* de asombro es lo único que atinan a balbucear los que lo han visto, que es más de lo que la pobre señora llegó a decir, pues cayó de espaldas largo a largo en plena calle.

Apenas duró una semana más la pobre doña. Tenía serios problemas cardíacos. Lo cierto es que ya no saludaba, ni recordaba a la gente que la visitaba fielmente. Lo único que comentaba era que había visto un milagro, que un hombre se había roto una pierna y que se la había repuesto él mismo, con sus propias manos, y que ni siquiera pareció dolerle. La doña le atribuyó el mágico hecho al poder de Dios, a quien ella le pidió con tanta fe en aquel momento para que saliera ileso aquel pobre muchacho, que hasta se le parecía mucho a su hijo José.

Así murió la doña creyendo una realidad increíble, pero, realidad al fin. El único detalle es que la doña, evidentemente, no tenía cómo saber que aquel motociclista hacía años que había perdido aquella pierna en un accidente de tránsito, y lo que ella vio arreglarse sin dolor alguno, tan mágicamente, no era más que una prótesis de madera de esas que se amarran a la cintura y en el muslo.

La realidad, señores, es tan relativa.

Arte político o La doma de reses

"...la esperanza fue un instinto que sólo la mente con razonamiento humano podía matar. Los animales no saben de desesperación..."

El poder y la gloria,

Graham Greene

El hombre tomó la palabra. Todos miraron en silencio. El hombre, sin rostro ya de tan ordinario, empezó por mover los labios. Vestía de traje azul, camisa blanca, corbata acorde, lentes para leer. Seguían en movimiento sus labios, pero el público, confundido porque no había sonido, parecía inquieto. En su mudo discurso, el hombre gesticulaba, alzaba los brazos, parecía dar cosas, quitar cosas, alabar, cantar...paseaba solemnemente y daba la impresión de estar diciendo cosas sumamente importantes. El público, cada vez mayor, entraba en silencio a la plaza. Unos pocos, de los que tenían rato allí, intentando oír el discurso inexistente, comenzaban a desesperarse. Se le veía en los rostros, la desesperación. Se miraban entre sí sin entender a dónde se había ido la palabra. En la tarima, que parecía elevarse por momentos, el hombre sudaba, y aún en la ridiculez de un discurso sin sonidos, el hombre aparentaba una excelsa elocuencia. Se quitó los lentes para quitarse el sudor. Era tanto lo que hablaba sin hablar, que los más vanos, ya empezaban a prestarle atención. Una joven miró a un señor a su derecha que ni siquiera pestañeaba. Miró al discursista, miró al hombre. Había una conexión entre ellos, creyó. Y ella, muerta de envidia, también se embelesó, y fue tanto lo que quiso oír lo que no decía el hombre del traje en la tarima lejana, que sin pestañear quedó como el hombre a su derecha, envuelta en un discurso sin sonido, en el absurdo del seguimiento sin base, ni lógica, ni propósito. Los pocos de antes se cansaron, se aburrieron, se marcharon. Uno intentó despertar a algunos sonámbulos; pero de la nada cayó sin estruendo un rayo de mierda y lo mató. Nadie se dio cuenta. Pronto, pararon los labios del hombre. El público era ahora el pueblo. Todo el pueblo. Satisfecho, sonrió el hombre al verlos tan atentos, tan autómatamente atentos. Y sin más, tomó de nuevo la palabra: *Gracias, Buenas noches.*

Las Hermanas Chounan

"Los muertos no comparten. Aunque nos alcancen desde la tumba (juro que lo hacen) no te darán sus corazones. Te darán sus cabezas, esa parte que te mira fijamente."

Texas Suite,

Stan Rice

Wade Davis pisó suelo haitiano en 1982. Llegó sin sorpresa, liviano de equipaje, y acostumbrado al calor del trópico. Casi diez años antes había acompañado a Sebastian Snow a cruzar a pie el Tapón de Darién, que separa a Panamá de Colombia. En aquella odisea, entre otras menores, acostumbró su cuerpo a la selva, a los mosquitos asesinos, al insoportable estupor que deja el calor del caribe, que es el mismo de Sur América; y al entumecedor frío de las noches a la intemperie. La misión en la tierra de Duvalier encargada al doctor Davis, antropólogo y etnobotánico egresado de Harvard, era la de investigar a fondo el uso de algunos agentes naturales utilizados supuestamente en la 'zombificación' de seres humanos. Se sabe que el buen doctor cumplió a cabalidad su trabajo. Su laboriosa investigación le adentró en el oscuro mundo del *vodou* (el que libremente renombramos Voodoo o vudú) a conocer intrínsecamente la cultura haitiana; a paladear el *manje kreyol*, y a beber *Barbancourt*, su ron emblemático. Inevitablemente, también aprendió que los zombis sí existen en Haití y que medio pueblo sabe de ellos. Zombi, para el haitiano, nada tiene que ver con la versión norteamericana. Estos zombi no comen gente, por el contrario, ellos son las víctimas.

Davis publicó The Serpent and The Rainbow en 1985, en donde expuso la teoría de que los *Bokors* -una especie de médico brujo- utilizan un polvo que contiene tetrodotoxina, una neurotoxina que puede ser venenosa, encontrada en algunos peces y sapos, para "matar" a la persona que se ha de convertir en zombi. La Tetrodotoxina bloquea un canal de sodio en algunas membranas de las células nerviosas, previniendo el impulso nervioso a los músculos. Una pequeña dosis, según Wade, es suficiente para eliminar la actividad muscular, incluyendo el corazón y las vías respiratorias. Sin flujo sanguíneo, no hay pulso, de ahí, la declaración de que el paciente ha muerto. Wade explica en su libro que, una vez enterrado el supuesto muerto, el Bokor vuelve a la tumba y, utilizando una especie de pasta, lo revive. Dicha pasta consiste en una mezcla de batata, *melao de caña*, y lo que se conoce como Pepino del diablo, ente otras cosas un poco más macabras, tales como lagartijas vivas y huesos molidos de niño recién nacido. El pepinillo en cuestión posee una substancia psicoactiva que produce pérdida de la memoria y desorientación. Según Wade, los 'recuperados' son golpeados, y drogados con la pasta zombificadora hasta convertirlos en entes sin voluntad. El propósito de los Bokors es simple: los zombis -que pueden caminar, comer, y hablar, pero de manera casi robótica- son utilizados por años en plantaciones en calidad de sumisos esclavos. Los motivos que llevan a este castigo son más variados. Entre otras conjeturas, *Bizango*, una especie de sociedad secreta, sentencia a individuos a convertirse en zombi cuando entienden que estos han roto alguna de sus reglas.

Entre las muchas cosas que Wade Davis reveló, una hay en especial que motivó, todos estos años después, este relato. Cuando por primera vez vi la película The Serpent and the Rainbow, basada en el libro homónimo de Davis y dirigida por Wes Craven, ese maestro del cine de horror, por allá por los finales de los 80s, nunca había escuchado hablar del botánico y mucho menos de sus aventuras en la vecina y temida isla de Haití. Debo admitir que el *film* me erizó los pelos y que más de una escena se quedó en mi mente por largos años. Especialmente, creo que crecí con un miedo inexplicable a ese personaje del policía diabólico (que a lo largo de los años se ha traducido en cierto excesivo 'respeto' hacia el haitiano en general) y que la escena del hombre enterrado con vida influyó en mi claustrofobia. Aunque la película humilló a Davis y no fue muy bien recibida por los críticos, no deja de ser objeto de culto entre muchos amantes del género.

En las frecuentes discusiones de cine que tenía con mis amigos, cuando tocábamos el cine de horror, invariablemente salía a relucir la película de Craven - que de cierto modo no deja de ser también la película de Davis- y algunas de sus escenas eran vívidamente recapituladas. Una tarde, ya herida de crepúsculo, un hombre se detuvo a escuchar el comentario que uno de mis amigos había hecho con respecto de la misma. Yovanny, mi amigo, concluyó diciendo algo como "...*y en Haití hay zombis de verdad...*" Cuando el hombre habló, todos sin excepción nos espantamos. Éramos cinco o seis muchachos, ninguno mayor de quince o dieciséis años. El hombre, que asumimos que sólo pasaba por allí, se había detenido de repente al escuchar a mi amigo; y al hablarnos, lo hizo tan abruptamente, y su voz era tan ronca -e inconfundiblemente tan haitiana- que todos pegamos un pequeño brinco. Era delgado, de piel oscura y marchita, con bigote fino y ojos muertos. Iba bien vestido, pero olía a cigarro y a alcohol. *"Hay mucho zombi en Haití"* dijo sin ceremonia. No nos atrevimos a contestar. El hombre, cuya línea labial mostraba lo que nosotros asumimos sería el inicio de una sonrisa, continuó hablando de zombis en Haití. No sé si se percató de que no le estábamos prestando atención a su perorata, sino que, más bien, estábamos un poco incómodos con su presencia. Pero si lo notó, no le importó. El hombre siguió hablando en el mismo tono grave, solemne e ininterrumpido por dos o tres minutos, que a nosotros nos parecieron horas. Al concluir, creo que por cortesía, fui el único en asentir con la cabeza, en admisión de su presencia. La sonrisa sugerida por aquellos labios purpúreos nunca se materializó, y se marchó con paso quedo, como el que tiene todo el tiempo del mundo. Después de algunas bromas a costillas del intruso, resumimos la conversación, naturalmente olvidándolo por completo.

Horas más tarde, ya acostado, me acordé del haitiano. Para mi sorpresa, pude recordar algunas de las cosas que había narrado. Entre ellas, la repetición de un mismo nombre. Creí entonces, desafiado por el acento del extraño y por mi absoluta ignorancia del *Creol*, que había sido Clervo Narci. Si mal no recuerdo, esa noche -insiste mi memoria- me soñé con un hombre parecido. No lo volvimos a mencionar y con el tiempo me olvidé del nombre y del hombre, y, como se olvidan las cosas sin importancia, se perdieron en el mar de las rutinas.

Seis años más tarde, en un subway en la ciudad de Nueva York, vi un hombre leyendo The Serpent and the Rainbow. Brevemente me acordé de la película y, fugaz y sorpresivamente, me acordé del haitiano. Dos o tres días después, al pasar frente a una librería, entré y pregunté si tenían el libro. Me sugirieron comprarlo por internet, y eso hice. En cinco días llegó y me tomó a penas tres más para leerlo. Davis había hecho un trabajo excelente. La lectura fue dinámica y bien escrita, y la información, más que seductora. Algo, sin embargo, llamó mucho mi atención. Clairvius Narcisse. Según lo escrito por el doctor Davis, Narcisse fue uno de esos zombis regresados de ultratumba. Ese nombre me devolvió aquel otro nombre que años atrás, en la acera de mi casa, había mencionado aquel haitiano. Un escalofrío, leve y veloz, recorrió mis brazos. Propenso al absurdo éxtasis del misterio, concluí que aquello era más que una coincidencia. Por unos días, me dediqué a investigar acerca de Narcisse, de Davis, de los Zombis en Haití, y de las historias detrás de los personajes. Aprendí que Davis había publicado, el mismo año del estreno de la película de Craven, otro libro acerca de los zombis hatianos titulado Passage of Darkness: the ethnobiology of the haitian zombi. Este trabajo, que leí unas semanas después, resultó ser mejor acabado que el primero. Aunque, por su naturaleza técnica, menos entretenido. En unas cuantas semanas, naturalmente, el impulso de lo que me había parecido una coincidencia sobrenatural ya había perdido fuerza. Los misterios dejaron de parecer tan misteriosos y, como es normal, las explicaciones de Davis me brindaron la certeza y tranquilidad mental que uno encuentra en las voces socialmente reconocidas como la autoridad en el tema. Si Wade Davis, a quien habían mandado a buscar nada más y nada menos que de Harvard, había concluido que los supuestos zombis, aunque él mismo no hubiera visto uno, existían sólo en forma de idiotas drogados y, por demás, inofensivos, ¡vaya! no había nada más que investigar.

Con los pies adoloridos estaba yo en el cementerio un día de semana, no sé si era miércoles o jueves, asistiendo sin querer al entierro de un pariente lejano, cuando, a pocos metros de mí, me pareció reconocer al haitiano que había mencionado a Clairvius Narcisse. De aquel ocaso hacía ya unos catorce años, pero, al mirarle con detenimiento, estaba convencido de que era el mismo hombre. Con fuerza resurgieron los misterios, las conjeturas, y, sobretodo, como algo inexplicablemente íntimo, el nombre del hombre regresado de la muerte. Cuestioné el azar. ¿Cuáles eran las posibilidades de encontrarme nueva vez con este hombre después de tantos años? Y, debilitado por la vanidad de haber sido blanco de una selección divina, me aventuré hacia la elucubración de fantásticas conjeturas. Fue tan fuerte aquel impulso, que sin pensarlo, me acerqué al hombre, y en el momento que entendí propicio, lo abordé. De cerca, ya no tuve dudas: catorce años más viejo, el hombre tenía la misma expresión de casi sonrisa en el rostro. Sus ojos lucían, si cabe, aún más muertos que antes. Conservaba el bigote, aunque ahora poblado de tonos grises, y seguía siendo delgado y marchito. Me pareció más pequeño y menos temible. Su voz, al responder a mis necias preguntas, parecía domada por los años. Aunque ronca aún, podía fácilmente pasar desapercibida. Como era de esperarse, no me recordaba. Evidentemente lo abordé de la manera equivocada. Comencé preguntándole si yo le parecía familiar, si recordaba aquella tarde, si había trabajado o vivido cerca de Villa Consuelo... y la expresión en su rostro, de indiferencia e incógnita, me hicieron pensar que, sin proponérmelo, le había pagado con la misma moneda la interrupción que nos hiciera aquella tarde en el barrio.

Sólo cuando mencioné el nombre de Narcisse, el hombre pareció reconocer que en efecto un ser vivo le estaba hablando. Antes de que pudiéramos adentrarnos en la conversación, un hombre fornido y sucio -llevaba lodo hasta en las orejas- le llamó por el nombre de Julien (que yo entendí como Julián) y, con gestos poco amistosos, le invitó a seguir haciendo su trabajo. Julien, sin contestar, terminó de clavar una especie de estacas en el piso, y recogió unas herramientas. Antes de marcharse, me dijo que Clairvius Narcisse todavía estaba vivo. No fue hasta el momento de la cena, muchas horas después, que mi cerebro procesaría la noticia de que el zombi seguía con vida. Le pregunté si había forma de comunicarnos, y me respondió que siempre estaba allí, en el cementerio. Ya se iba cuando le pregunté qué día podía visitarlo para conversar de Narcisse, y, sin voltear, me dijo *"Cualquiera día, amigo, cualquiera día depue de la sei."*

Admito que no me atreví a volver solo a donde Julien. Me acompañó Rubén, uno de esos compañeros de trabajo que son amigos hasta que uno cambia de trabajo. Aconteció que Julien vivía en una casucha de madera y zinc en el mismo cementerio. Adentro, nos brindó café, el cual rechazamos cordialmente. Rubén se sentó en una esquina de la cama y yo en una mecedorita que parecía a punto de descalabrarse. Julien, como todo un rey, abarcaba el resto de la cama. Le expliqué -le mentí- que estaba investigando acerca de Clairvius Narcisse porque me interesaba escribir un libro acerca de su vida. No se me escapó, aún entre las trémulas sombras, ¿o luces?, de la lámpara de queroseno, la expresión de incredulidad y el toque de burla que pasó por el rostro de Julien. *"ute no tene cara de ecritora, amigo, ute tene cara de curiosida. Pero eso ta bien, amigo. Yo conoce a un ecritora de verda, dotor davi, el ecribio libre de Clairvius Narcisse hace muchosaño ya."* No fue poco mi asombro al escuchar a aquel hombre hablar del doctor Davis y su libro.

Admito, además, que dicho asombro tuvo sus raíces en el deleznable acto del prejuicio. Pero Julien sabía de lo que hablaba. Había leído los dos libros publicados por el doctor Davis; de hecho, los tenía en la humilde casucha. Los buscó entre otros libros, a pesar de mi insistencia en que no era necesario. Sus movimientos, noté, eran aunque lentos, precisos. Como si no quisiera malgastar esfuerzos. Mientras buscó los libros, no dejó de hablar. Me explicó lo que ya sabía de las narraciones de Davis, abundó acerca del uso de los infames pepinos de la muerte, y, por momentos, mencionaba nombres y sucesos que, aparentemente, no venían al caso. Rubén me miraba de reojo, aburrido, y su expresión facial me insinuaba que Julien estaba loco...y que yo más aún. De repente, las historias se acabaron y Julien, que había estado preparando más café, volvió a sentarse en su cama, como un faraón vencido. Aullaba desde afuera el viento, y la oscuridad de la noche se colaba por las hendijas y por la única ventana como si fueran los rayos de un sol negro. En ese momento recordé - ¿o asimilé?- que estábamos en un cementerio, y un miedo casi infantil se adueñó de mí. Los ojos de Julien parecían cobrar vida en la oscuridad, como los ojos de los gatos. Quise marcharme en aquel mismo instante, pero la ronca voz de Julien me detuvo. *"Amigo, ¿era eso lo que ute quería sabe de Narcisse?"* La lengüilla de fuego de la lámpara bailaba a un ritmo endemoniado, como augurando una fatalidad, como si luchara contra las sombras que intentaban tragársela. Julien me miraba fijamente, y podría jurar que no lo vi pestañear, ni en ese momento, ni en ningún otro. *"e tarde ya, amigo. Mejol que utede se vaya ahora, ta como va a llove..."*

dijo Julien, apartando sus ojos de los míos por primera vez. Como si saliera de un trance, me levanté quizás más rápidamente de lo que me habría gustado, y, sin pensarlo dos veces, me dirigí hacia la puerta. Rubén me siguió en silencio, medio inseguro de lo que había ocurrido. Me despedí de Julien esperando no tener que estrechar su mano, y acto seguido, intenté abrir la puerta. La fría mano de Julien en mi antebrazo me dio escalofríos. Recuerdo aún la vergüenza que sentí cuando lo vi riéndose a carcajadas por el susto que me había pegado. Rubén, que aunque menos asustado, también percibía algo extraño en el ambiente (aunque luego admitiríamos que exageramos, que nunca hubo motivos reales para temer, más que el hecho mismo de estar en un cementerio, de noche, con un extraño) sonreía nervioso, mientras sus manos no encontraban sitio. No me había percatado que Julien se había parado de la cama casi al mismo tiempo que yo cuando dejé la mecedora. Caminó hasta la puerta conmigo e intentando despedirse, extendió su mano hacia mí, después de estrechar la de Rubén. Al notar que yo no me voltearía, me agarró el brazo. *"Ute se el ecritol ma pendeja que yo he vito"* me dijo aun riendo.

De regreso, Rubén y yo a penas intercambiamos unas cortas palabras. Manejamos hasta su casa y al dejarlo, le agradecí la compañía. Curiosamente, nunca más volvimos a hablar de eso; pero nos quedamos entonces con la sensación de que aquella visita no debió haber sucedido. Ya afuera de la casucha de Julien, el haitiano nos había detenido por última vez para entregarme unos papeles. Eran unas cuantas páginas de cuaderno cuyas líneas estaban, de la primera a la última, escritas a lápiz de carbón, llenas de ambos lados. Julien dijo entonces lo más extraño de toda la noche: *"Dotol davi ecribio lo qui el quisió ecribí. Pero Narcisse tuvo otra hitoria, amigo. Leila ute ahi. Esa e la hitoria de lozombi de haití. La hitoria de Narcisse."*

Las páginas de Julien resultaron ser una carta de cinco hojas que una Modelaine Chounan le escribió a Claudette Petion. Claudette Petion fue la madre de la primera esposa de Julien, Margarite, quien fuera su hija más joven. Julien no conoció a Claudette. Según Margarite, su madre murió tratando de traer al mundo a su décimo sexto hijo a la edad de 78 años. La carta, que Julien insinuó era la verdadera historia de Narcisse, resultó ser la historia de Modelaine Chounan y de su hermana Laurette, y sólo indirectamente, la de

Clairvius. La relación exacta entre Claudette y Modelaine no queda clara en el relato. Lo que sí se infiere claramente es que los lazos que las unían -familiares o de amistad- eran inquebrantables y gozaban de absoluta confianza. Siento necesario aclarar que la narración de lo escrito en la carta es una transcripción fiel (fiel a mi memoria, empero) de lo leído, repetidas veces, por mí, después de su traducción al Español por parte de mi entrañable amiga, Antonylde. Antes de iniciarlo, me permito explicar algunos puntos importantes que ahora me parece necesario mencionar con respecto a la empresa del doctor Wade Davis en suelo haitiano.

El Dr. Lamarque Douyon, director del único hospital psiquiátrico moderno de Haití en los 80s, recibió a Clairvius Narcisse a su regreso a su pueblo natal, L'Estère. Inclinado al escepticismo médico, pero motivado por la aparente sinceridad mostrada por Narcisse y su hermana, Angelina, a quien Clairvius abordó en un mercado público dieciocho años después de su muerte y entierro, el doctor Douyon formuló un cuestionario riguroso para determinar la veracidad de las declaraciones. Según lo determinado por el doctor en dicho cuestionario, y habiendo escuchado la opinión de testigos, amigos de infancia, y vecinos en general, concluyó que definitivamente aquel hombre era el mismo hombre declarado muerto casi dos décadas antes. Según las declaraciones de Clairvius Narcisse, el 2 de Mayo del 1962, lo ingresaron en el hospital Albert Schweitzer, en el pueblo de Deschapelles, con fiebres altas y dolores musculares. Aún bajo observación, Clairvius falleció. Veinticuatro horas más tarde, su familia se lo llevó y le enterró como Dios manda. Clairvius no supo cuánto tiempo pasó, pero después de su entierro, unos hombres lo sacaron, lo golpearon, y lo hicieron ingerir una sustancia pastosa y desagradable. Dijo no recordar con exactitud los rostros de los hombres, ni cuantos eran. Sólo sabe que después de unos cuantos días y noches, lo llevaron a una finca, donde permaneció en un estado semiconsciente, en el que creía saber que no estaba muerto, pero que no tenía voluntad para tomar decisiones por sí mismo. Sentía fatiga, hambre, sueño... pero era como si el cuerpo y su conciencia estuvieran separados. Contó que permaneció en aquel lugar cerca de dos años, y que había otros en el mismo estado, aunque no podía determinar cuántos. Una noche, uno de los "zombis" tomó un azadón y mató al hombre a cargo. De esa manera lograron escapar. Clairvius se enteraría luego que fue un hermano suyo quien le condenó a tan terrible destino. Contó que él y su hermano habían tenido una disputa sobre unas tierras heredadas, y que se habían enemistado. Pero nunca pensó que las cosas llegarían a esos extremos. Por temor a su hermano, Clairvius no volvió a su pueblo hasta enterarse que éste había muerto. Eso fue en el 1980, cuando Clairvius ya tenía 58 años de edad. El doctor Douyon, intrigado por el relato, indagó un poco más acerca de los síntomas pre y post muerte, y teorizó que coincidían con algunos síntomas mostrados por personas bajo el efecto de narcóticos de alto poder. Douyon se comunicó con su colega en los Estados Unidos, Dr. Nathan Kline, para explicarle la situación. Así llegó Wade Davis al caso de Narcisse, a través del Dr.Kline.

La carta de Modelaine Chounan cuenta que en Febrero del 1960, su hermana Laurette, seis años menor que ella, empacó ropas y libros y partió de su casa. Acababa de conseguir trabajo en una escuelita en L'Estère, como maestra para alfabetizar a niños pequeños. Allí conoció a Clairvius Narcisse e iniciaron una amistad cordial y distante. Casi un año después, la situación económica forzó a la escuelita a cerrar sus puertas y Laurette se vio sin trabajo. Modelaine, cuya fama de Madame alcanzaba otras locaciones, le hizo los trámites para una posición similar en otra escuela. La escuela resultó estar en otro pueblo. Fue así como Laurette Chounan terminó partiendo rumbo a Deschapelles en el otoño del '61.

Tres años habían transcurrido desde aquel otoño, cuando, de regreso a su casa una tarde, la figura lejana de varios hombres llamó su atención. Al principio, ni siquiera entendió el por qué, más se sorprendió a sí misma volteando a mirarles una y otra vez. Sabía que al mirarles, algo no encajaba con la escena que sus ojos percibían. Sin embargo, se le escapaba. De ahí en lo adelante, cada día al regresar a su hogar (alquilaba una habitación en una casona, que compartía con otras mujeres) contemplaba a aquellos hombres. Siempre había un puñado de ellos, no más de seis o siete. Trabajaban en una finca. Los veía levantar la empalizá, arar la tierra, cargar cubos de agua, cortar cañas de azúcar...y le parecía que lo hacían con gran esfuerzo, como si estuvieran tan cansados que ya no podrían terminar. Sus movimientos, notó, carecían de coordinación, y eran penosamente lentos. Una tarde de lluvia, el aguacero la atrapó cerca de la finca. Mientras esperaba bajo unas hojas de zinc, vio a los hombres trabajando. En ese momento lo comprendió. Al verlos bajo la lluvia, trabajando de la misma manera de siempre, sin siquiera tratar de cubrirse, como si no se hubiesen percatado de las aguas celestiales, Laurette lo entendió. Había escuchado hablar de hombres como aquellos. Zonbi, sabía que les llamaban. Hombres muertos y resucitados con magia negra. Laurette sintió miedo, pero, aún más, sintió curiosidad. Nunca había sido seguidora de supersticiones, pero en Haití, aunque haya dudas de una manera u otra, todos creen, saben, que la brujería, los espíritus, y los santos, existen. Una semana duró pensando en aquello y una semana duró planeando cómo acercarse a aquellos hombres. Un martes, cuando la noche ya había caído, se camufló entre matorrales, árboles y sombras hasta llegar a uno de los silenciosos trabajadores. La noche estaba fría y áspera, y el miedo le hacía temblar las rodillas. Uno de los autómatas pasó cerca de donde estaba escondida. No pudo distinguir las facciones de su rostro desde donde estaba, pero notó que de cerca parecían aún más lentos, más perdidos en sus propias mentes; desempeñando esas tareas a puro instinto. Procurando ver a uno de cerca, se adentró en los cañaverales. Al cabo de unos minutos, otro se detuvo a su lado a recoger un azadón. Fue entonces cuando casi suelta un grito. Tuvo que llevarse ambas manos a la boca para no delatarse. Un rayo de luna aclaró el rostro de aquel hombre, y aún en la vacuidad de sus ojos, y a pesar de no haberle visto en años, reconoció a Clairvius Narcisse. Más aterrorizada que antes, se apresuró a regresar a su casa. Esa noche no durmió pensando en aquel horror. Razonó que no podía inmiscuirse en eso, pero no logró persuadirse a sí misma. Algo más fuerte que ella había surgido de su corazón al ver a aquel pobre hombre en ese estado. Más allá de las palabras, resolvió hacer algo para ayudarle. Laurette le contó a Modelaine y ésta, acostumbrada a historias como aquella, no puso en duda que Clairvius había sido convertido en Zonbi.

Modelaine y Laurette Chounan desaparecieron en el verano del 1964. Nadie más las vio desde entonces. Su familia lloró su desaparición cuando se hizo evidente que algo les había sucedido. El tiempo les forzó a la resignación.

Una tarde, a unas cuantas semanas de la última vez que las vieron, un desconocido llegó hasta la puerta de su casa a preguntar dónde podía encontrar a Modelaine. Marietta, la otra hermana, respondió a sus preguntas. Los vecinos que le vieron aseguran que era Bizango. Marietta, después que el misterioso hombre se había marchado, juró no recordar una sola palabra de la conversación sostenida.

Según testigos oculares, un hombre misterioso -o quizás el mismo- también visitó a Claudette Petion. Al igual que Marietta, Claudette recordó al hombre vagamente, pero nada acerca de lo que hablaron.

El primero de Julio del 1971, el día de su cumpleaños, Claudette Petion recibió una carta sin remitente. Al abrirla, sin leerla siquiera, se ahogó en llanto. Aquella caligrafía pertenecía a Modelaine. En la carta le explicó todo lo acontecido desde el momento que Laurette conoció a Clairvius Narcisse hasta la liberación del mismo en 1964. Modelaine le confesó a Claudette que ella y Laurette, a través de una amiga suya, habían contactado a un *Houngan asogwe*, Pietro, a quien le contaron de Clairvius. El Houngan, cuya función es mantener enteros los lazos entre los espíritus y la comunidad, les prometió investigar el asunto.

Uno de los discípulos de Pietro entró al campo de caña llevando consigo una botellita que el Houngan le había entregado. El Houngan le advirtió no oler el contenido de la botella, y mucho menos mirar adentro de la misma. Le instruyó observar a los Zonbi y seleccionar al que se viera más despierto. Según el Houngan, los Zonbi no están muertos, en el sentido aceptado de la palabra. Después de 'acercarlos a la muerte' con sus pósimas, los Bokors los reaniman con sus embrujos; atrapando sus almas en una botella. La brujería perdura hasta que el Bokor decide que ha sido suficiente castigo; hasta que lo decide quien le ha vendido al Zonbi (o ha contratado los servicios del Bokor); o hasta que el Bokor muere. Siguiendo las instrucciones del Houngan, Antoine, el discípulo, se acercó sigilosamente al Zonbi que él creyó más consciente de sus entornos. Una vez a su lado, destapó el pequeño frasco y se lo puso en la cara al muerto en vida. El sobresalto fue como si hubiese despertado de un sueño terrible, e inhaló de una manera tal, que parecía querer guardar dentro de sí todo el aire del mundo. Se arrodilló, escupió, viró los ojos, se llevó las manos a la cara, se levantó, y tratando de gritar, parecía ahogarse. Antoine, nervioso y asustado, le dijo qué hacer. El houngan le había advertido que tenía que decírselo tres veces. Así lo hizo. A la tercera vez, como un aparato que obedece a los mandatos de un control remoto, el hombre se quedó tan quieto como una estatua.

Antoine, sabiendo que su trabajo había terminado, se marchó por donde había llegado.

Cuando el alma de Clairvius Narcisse se reincorporó, su mente percibió los hechos como a través de una niebla densa y sofocante. Vio a uno de los Zombis sacudiendo su cabeza, como quien recupera el conocimiento después de un gran golpe. El hombre tenía en su mano derecha una de las herramientas, y a sus pies, aparentemente sin vida, otro hombre yacía ensangrentado. Con el tiempo, Narcisse repetiría que uno de los zombis mató al Bokor y que de esa manera lograron escapar.

El Houngan advirtió a las hermanas Chounan antes de acceder a ayudar a Narcisse que los Bokors eran gente poderosa, que tenían informantes, y que tenían formas de llegar a ellas si permanecían allí. Laurette y Modelaine entendieron que la única manera de devolverle la vida a Clairviur Narcisse era condenándose a sí mismas al exilio. Partieron con el canto del gallo el día después de la liberación de Narcisse y los demás Zombis. Pietro les colgó del cuello a cada una un amuleto hecho con melao de caña y sangre de hurón, y les aseguró que fuera del pueblo, con aquel amuleto, mientras él viviera, sus enemigos jamás las encontrarían.

En el 2008, Donna Zuckerbrot realizó un documental titulado When the Dead Walk. Fue la primera vez que ví el rostro de Clairvius Narcisse. Aun viéndole en la pantalla de un televisor, se me erizó la piel. Narcisse tenía la misma expresión de casi sonrisa de Julien, y su rostro compartía fielmente los rasgos étnicos de todos los haitianos, incluyendo los del policía terrorífico de The Serpent and The Rainbow.

Nunca olvidaré que, mientras traducía la carta de Moudelaine, Antonylde levantó la mirada y, con actitud sombría me sugirió no enterarme de nada más. Nunca antes la había visto tan seria. Aunque nunca he creído en lo sobrenatural, la gravedad con que Antonylde me había hablado me atemorizó. Pero preferí hacerme el valiente y, poniendo una jocosa cara de espanto, le pedí que continuara. Ella intentó sonreír, pero fue más bien un gesto de impotencia.

La noche del 9 de Octubre del 2011, soñé que la fría mano de Julien me agarraba de nuevo. Me espanté en el sueño, pero esta vez él no rio. Sus ojos parecían dos canicas usadas, sin brillo, sin vida. Parecía haber envejecido drásticamente, y la expresión en su rostro me hizo pensar que no sabía dónde estaba. Miré a mi alrededor y me día cuenta que yo tampoco sabía dónde estaba. La casucha era similar a la del cementerio, pero no era la misma. Me parece que había en el aire nocturno una mezcla de olores inusuales. Miré por la ventana, pero estaba demasiado oscuro. Julien seguía allí parado, sin decir nada, como si no estuviera allí en verdad. Entonces, como un golpe seco, concebí la idea de que estaba muerto en vida, de que Julien, como Narcisse, había sido convertido en Zombi. Me entró pánico. Lo agarré de los hombros y lo sacudí con fuerza. Su cabeza bailaba violentamente de aquí para allá, pero no dijo una sola palabra. Salí corriendo. La noche estaba helada y profundamente oscura. A lo lejos, la luz de lo que pensé que era una lámpara combatía las sombras. De repente, ya no podía correr. Había entrado en una plantación de cañas, que se erigían ante mí como un ejército de flexibles hombres de madera. Pensé en regresar, pero el miedo me detuvo. A pocos pasos de mí, cuatro hombres y dos mujeres cortaban las cañas. Sentí que los observé por largo tiempo. Vi cómo les costaba trabajo todo lo que hacían. Noté que no se hablaban, no se miraban, no tenían prisa alguna. En algún momento, una de las mujeres levantó la cabeza, como si mirara la luna. La mera acción de levantarla, le tomó una eternidad. La otra mujer era mayor que la primera, y había en sus movimientos algo más de vitalidad, como si de algún modo intuyera que estaba sin estar. Antes de despertar, asustado hasta el tuétano, claramente escuché la voz de Julien susurrar: *quema la calta de Modelaine, amigo.*

Al día siguiente regresé al cementerio y me enteré que Julien había regresado a Haití hacía ya unos años y que, aunque prometió volver en un mes, no volvió. Esa misma tarde quemé la carta de Modelaine Chounan y nunca más volví a hablar de Narcisse, de Julien, o de zombis.

Ciguapa

"...en fin, se decía Mecho, que las ciguapas eran casi como seres humanos. Su única diferencia era que tenían los pies al revés. Y sin embargo, ni se caían ni se movían con torpeza."

El sueño de Mecho,

Leibi Ng

Ya olía a crepúsculo el camino empolvado. Don Alfeiro, que conocía de sobra esos senderos de Dios, le dijo que no se adentrara en esos montes cuando la luna le robara al sol el cielo. Pero ese muchacho, Diogenito, nunca fue uno de escuchar. Por el contrario, cuando le decían *no haga*, era como si le dijeran *¡ande rápido, mijo!* Diogenito, hijo de Don Diógenes el de Loma Blanca, era más terco que las mulas de Mano Juan. Por eso, cuando Don Alfeiro le dijo que no se fuera a esas horas, el muchacho tomó su machete y su funda de víveres y arrancó por ahí, por el camino de los matorrales, sin decir media palabra y sin mirar para los lados, como quien se cree más grande que la loma y más importante que el agua. Y Don Alfeiro, que nunca le deseó mal a nadie, se persignó dos veces, y le mandó atrás a ese muchacho terco cuanto santo recordó, pa' que le cuidaran por el camino. A la hora y media ya el sendero nada más era sombra y ruido. Si se paraba, la loma crujía, gemía, aullaba, y se remeneaba en todas direcciones, y el muchacho, con el machete apretao, no veía ni su propia mano, que temblaba como cuando el frío viene de la boca de un muerto. *¿En qué yo me metí?* Pensaba asustado, mientras intentaba en vano avanzar. *Coño, me cayó encima la maidita noche*, se decía, mientras blandía a ciegas el machete con la diestra. Oliva, su abuela, le había contado que de noche las cosas malas salen a buscar comida. *¡Mieida!* exclamó Diogenito casi gritando, porque el frío que los oscurecidos árboles soplaban no parecía venir de los árboles, sino de los labios de una cosa que él no veía, pero que sin verla, estaba, acechándole seguro, como un maldito gato. Era como una sombra que se paseaba veloz entre las otras sombras, y Diogenito, temblando, apretaba los dientes; y el machete, ya sudao, se le resbalaba.

Doña Oliva le dijo que cuando el diablo anda rondando, el viento huele a sulfuro. A Diogenito le venía tocando el recto el miedo, que de vez en cuando se volvía mierda. Y el corazón, cual locomotora, ya le subía a la garganta, ya le bajaba al estómago, ya se le escondía entre los genitales. Y desde la sombra olía a una vaina rara que para él no era otra cosa sino sulfuro, o azufre, o cualquiera de esa desgracias que don Lucifer botaba sabrá Dios si por el culo o por la boca; y es que a él le tenía sin cuidado el ducto por donde salía el dichoso vaho, si lo que le tenía la piel de gallina era si era o no, aquello, el diablo.

De repente, sintió que salieron volando el machete y la esperanza. Y el buen Diogenito, orinándose del miedo, se quedó allí petrificado, rezando las oraciones que jamás se aprendió, y llorando como lo que era y no se quería creer: un niño asustado. La oscuridad entre tantas hojas, arbustos, y ramas parecía burlarse de la luna, cuyos rayos apenas sí le dejaban saber que no se estaba imaginando su suerte. Antes de poder terminar el último padre nuestro, logró ver unos dientes y dos ojos extraños. Las ramas, cuyas hojas con la noche pierden todo verdor, fueron el único testigo. Nadie supo más de Diogenito, el hijo terco de Don Diógenes de Loma Blanca, porque los que preguntaron por todos los senderos y por todos los pueblos aledaños, a esas ramas atemporales no les preguntaron. Ellas vieron que iba envuelto en mucho pelo el pobre muchacho asustado, destilando sangre de una mordida femenina, carnívora, gritando *ei diablo, ei diablo, ei diablo* sin saber que se lo llevaba la selva con unas tetas redonditas, caderas de buena hembra, ojos de fiera hambrienta, y los pies al revés, sus dedos apuntando en dirección opuesta al camino por donde antes que aclarara el monte se comería al muchacho.

Con uno basta

"...si la casa arriba e' igual que aquí abajo,
entonces pa' que diablo hay que subir?.."

Ruba

Ruba estaba sentado en su mecedora de caoba leyendo la prensa bajo la frágil frescura que prestaba la enramá. Se mecía de repente, cuando hacía una pausa en la lectura distraído por las pocas personas que caminaban a esas tempranas horas, o por el vuelo de algún pajarillo, o tal vez por el canto inesperado de sus gallos; y aunque el movimiento otrora placentero se había degradado en los últimos años a un vaivén entorpecido y molesto, la fuerza de la costumbre le había enseñado a ignorarlo. La mañana apenas abría los párpados, y desde ya prometía un calor concreto y húmedo. Ruba llevaba, como siempre, una *chacabana* blanca y pantalones de tela fina. El ruedo derecho lo llevaba remangado hasta media pantorrilla, como siempre, porque le molestaba en la pierna enferma. El accidente lo había dejado renco. El bastón, un palo pulido con lija, descansaba lealmente en el quicio de la puerta que daba del patio a la cocina. Mientras leía apoyando el codo derecho sobre el brazo de la mecedora, su brazo izquierdo colgaba en una posición a todas luces incómoda, la mano en el bolsillo de la camisa, formando una especie de arco a mitad del aire, su cuerpo ladeado al punto que quien le viera, pensaría que de un momento a otro se desplomaría.

Mamá Deya salió con la escoba en la mano, refunfuñando entre dientes. Se quejaba de que era demasiado temprano para estar quejándose y peleando por pendejadas. Llevaba una bata de flores rosadas y chanclas sonoras. Su pelo destellaba tonos grises y en sus ojos había una especie de cansado fulgor, que denotaba una inteligencia aguda, ávida, y un diminuto porcentaje de ternura. Habían estado casados por tantos años que ya no se molestaban en calcularlos. Habían procreado más hijos de lo previsto, más problemas de los que pudieran soportar, y más costumbre que amor o vergüenza. Juntos habían alquilado una chocita y, juntos, al través de los años, la compraron, la reconstruyeron, la remodelaron, y la elevaron al status de casa con patio que honorablemente ostentaba hoy. Entre artículo y artículo, el viejo Ruba lanzaba una mirada a la gallera en el fondo del patio. Sus ojos, vistos de frente, evocaban los ojos de las ranas, aumentados de tamaño por sus anteojos gigantescos. Desde su mecedora, coja a semejanza, le era grato el cacareo de sus gallos. La brisa era más cálida que fresca, pero no desagradable. Lo desagradable era siempre el polvo que arrastraba. Mientras Ruba recordaba sin querer al gallo que Homero, su hijo mayor, había atropellado con el camión, Mamá Deya barría la estancia con la parsimonia de una esfinge. De cuando en cuando, levantaba la vista y, aunque sus brazos, obedientes más al hábito de barrer que a los mandatos de su cerebro, seguían de aquí para allá, ordenando y desordenando basuritas, pedazos de plátano frito, envolturas de golosinas...ella saludaba con matutina cordialidad a las contadas almas que con premura pasaban al otro lado de la empalizá que separaba el patio de la angosta acera, y del resto del mundo. Aunque le saludaban, el viejo Ruba no respondía saludo alguno. – *¿qué tanto e que saludan, redié?*- murmuraba para sí mismo, en esa voz carraspeada y ermitaña que poseía.

Era Domingo, por eso no estaba abierto el colmadito de Ruba. De ese modesto negocio había salido el dinero para la educación básica de sus hijos y de una parte de sus nietos, los que quisieron estudiar; y también el dinero para comprarles casas, camiones, pasolas, y sabrá el señor qué tantas otras pendejadas de tantas que se antojaron, probablemente sin merecerlas.

Ruba era un buen hombre aún si él mismo no se había enterado. Y el pueblo, a pesar de sus cuentos, chismes, y quejas de su temperamento, también lo sabía. Pero también era un hombre que a sus setenta y tantos años estaba cansado. Aquella mañana en particular, se había sentado como todos los domingos a leer el periódico, había bebido el café en su jarra de aluminio, había escuchado plácidamente el canto de los gallos, y aunque todo había parecido normal, dentro de sí algo no lo era. Este domingo se había levantado con un secreto e insistente impulso, como un afán en el pecho, una urgencia silente pero implacable, de querer salir de aquel pueblo. No de irse a la capital a casa de Yanina, su hija; ni de irse a Estevanía a ver los gallos de Don Pancho. Lo que lo atormentaba era el pueblo mismo; la certeza inexorable de que su vida acabaría en este mismo espacio de tierra sin color y de vacas gastadas, de gente curiosa, y de sol inmisericorde. Estaba cansado de la rutina de tantos años, pero en el fondo, lo sabía, era peor para él esta sensación de desasosiego, este sentimiento de culpa quemando sus venas: el egoísmo de saberse parte de este pueblo y encontrarse resentido de ese hecho. Deya trató de barrer unas plumas de debajo de una silla de guano, pero el ángulo le resultó muy incómodo. No calculó correctamente el tamaño del palo de la escoba, y al tirar hacia sí, la punta del palo le dio en el ojo izquierdo. *"! Ay Ruba, me saqué un ojo! "* gritó al instante la buena mujer y no con poco dolor, mientras dejaba caer la escoba y se llevaba ambas manos al rostro. Ruba, con esa paciencia del que ya todo lo ha vivido, se acomodó los anteojos que se le estaban cayendo y, casi bajo un suspiro, con la voz más ronca que nunca, enunció categóricamente: *"pa' lo que hay que ver aquí, con un ojo basta."*

Déjà Vu

"...en realidad todo el tiempo es eternamente presente, es decir, que pasado, presente y futuro están sucediendo al unísono de algún modo..."

Un experimento con el tiempo,

J.W. Dunne

De los misterios de la mente humana, que son numerosos y no poco comunes, uno hay que en más de una noche ha inspirado mi vigilia. En cada vez más frecuentes tardes de ocio, he conjeturado que quizás sintió Teseo ese vértigo al empuñar la espada y al ver, por vez primera, al minotauro; y que en más de una esquina del incomprensible laberinto vivió la arcana experiencia repetida en aquella aterradora estructura, emulando sin proponérselo al misterio del que mis mencionadas vigilias han nacido. Quizás lo vivió Cervantes en Lepanto; quizás con indiferencia, lo vivió también uno de los anónimos ajusticiadores del Generalísimo Trujillo en el momento mismo de la andanada de plomo. Tal vez Judas, más terrenalmente que el Mesías, vio con espanto el momento exacto de su descenso a la aberración colectiva en el segundo exacto que se cumplía la profecía divina y premeditada de su traición. Estudiosos de la mente han intentado -vanamente- desmeritar sus bases místicas, y pobremente le han limitado a una serie de términos de segunda y a dos o tres experimentos que, en su mejor momento, se han graduado de flácidas teorías. Aseveran, esos ilustres ignorantes, que es apenas una falla de la memoria, un accidente de la misma. Yo, que lo he vivido, sé que no hay tal accidente.

A eso de las tres, cuando el sol cegaba desde los cristales y la gente ya mecánicamente se pasaba el antebrazo por la frente, aún sin una gota de sudor, un hombre delgado y del color de una nuez, de poco más de veinte años, pasó corriendo frente a mí. Su mano izquierda se encontró con mi diestra y en el instante inmediatamente antes de ese instante (o quizás en ese preciso instante) lo volví a ver, como ya lo había visto, corriendo justo en frente de mí. Supe con toda certeza que su mano izquierda se estrellaría con mi derecha; que el golpe me haría levantar la mano y soltar una obscenidad. Vi con claridad que era un hombre joven; que huía de alguien; que un paso después se encontraría en la avenida y que tendría que disminuir la velocidad para no ser atropellado por una van de color verde. Pero debo aclarar que aunque sé que vi todas estas cosas, y que puedo abundar en detalles, decir, por ejemplo, que llevaba un bolso de mujer en la mano derecha, que no había en su rostro ninguna expresión que delatara lo que había hecho (de lo que luego me enteraría) o que corría con los dedos de las manos muy juntos -como si ese detalle de algún modo pudiera otorgarle alguna ventaja sobre sus persecutores- en ningún momento sentí que pudiera alterar ninguna de ellas. Y aclaro, también, que estas objetivas cosas no son un capricho post-traumático. Por el contrario, en el instante exacto de entrar en contacto visual con el hombre que corría, como si se tratase de una escena casi transparente superpuesta en la otra (es decir, nunca dejé de ver con mis ojos físicos los eventos que se sucedían, mientras veía, con una porción especial de mi cerebro, esos mismos eventos, como un eco que, rebelde, sucede antes del sonido, o con él) vi también detalles ajenos: el Impala rojo que aceleró de repente, dos niñas con paso apresurado, varias personas que miraban al hombre que corría, y, si no me corrompen los hechos que entonces ignoraba pero que ahora conozco, podría jurar que vi sorpresa y espanto en sus rostros.

Todo esto, por supuesto, sucedió demasiado rápido. Para cuando la siniestra del muchacho encontró mi mano, en mi mente otro hombre doblaba la misma esquina de donde había salido el primero. Me da por filosofar que en esos momentos uno experimenta dos realidades: La física y la astral, por llamarla de algún modo. Y aunque en ambas sucede lo mismo, cada una sucede en un plano y en un tiempo diferentes, donde la segunda, paradójicamente, prefigura la primera.

Aunque he tratado, no puedo fijar con exactitud si, mientras pre-experimentaba lo que en micro segundos sucedería, también escuchaba los sonidos que habría de escuchar. Ciertamente, sé que sabía, antes de maldecir, cual obscenidad diría - o había dicho, aquí mis mortificaciones- pero no sé si escuché mi voz en mi mente diciéndola o sólo supe que la diría. No podría asegurar que recuerdo haber escuchado los sonidos de los autos, o los gritos de los testigos, o el estruendo de los disparos. Sé que sucedieron dos veces todas estas cosas, pero no recuerdo escucharlas más que una vez. Y he dicho que sé que sucedieron dos veces estas cosas, pero quiero aclarar que a lo mejor estoy equivocado. A lo mejor, siguiendo a algunos pensadores, ya estas cosas habían sucedido en una vida anterior. Si es así, entonces lo visto no fue una premonición, sino un recuerdo. Y la realidad pasaría también a ser una réplica de una realidad pasada. Y, ad infinitum, conjeturaríamos la posible infinidad de dichas réplicas y de las memorias de cada una de ellas, y de las percepciones interminables de dichas repetidas observaciones en las mentes de otros *Yos* también repetidos.

Con algo de ira y mucho de congoja me despierto a
veces, y al no lograr distinguir entre vigilia y sueño,
me torturo en esta lobreguez pensando que quizás
aquellas visiones fueron un aviso, una advertencia
que en mi ignorancia fallé en entender. Al revivirlas,
me doy a urdir fantásticas escenas en las que me veo
anticipando -o, quizás, reaccionando a- los eventos.

Me imagino volviendo a ver al segundo hombre, y lo
veo antes de verlo doblando la esquina que ahora me
parece tan familiar; y de inmediato veo el arma en su
mano; y casi al mismo tiempo vuelvo a ver que dobla
la esquina y que lleva un arma; y veo al ladrón
(porque ahora ya sé que es un ladrón, que le había
robado la cartera a una joven, y que el hombre que le
perseguía era un policía que por casualidad pasaba
por allí) cuando frena para no ser atropellado por la
van verde; y veo en su rostro que no le queda otra
opción, y lo veo sacar un cuchillo. Y veo al policía
disparar el arma una vez y otra vez y otra vez; y al
ladrón lo veo cayendo casi cómicamente al borde del
contén; y mientras va cayendo, veo al policía (vestido
de jeans y franela) disparar el arma tres veces y al
ladrón cayendo -y me parece curioso que no vi fuego
en el arma ni sangre en el pecho del ladrón que, como
por arte de magia, murió en el acto- y, antes de que
me doliera cualquier cosa, o de que viera a la

muchacha, o de que escuchara los gritos de la gente (los que ahora no puedo escuchar aún si me concentro) recuerdo con gran claridad, que la última bala se hundió en el rabillo de mi ojo izquierdo y quemó todo lo que encontró en su paso.

En mi fantasía, con un movimiento imposible, logro echar hacia atrás unos pocos centímetros, y evito el contacto. El fuego fatal de la bala a penas sí me quema las pestañas y deja, por unos minutos, una molesta sensación de ardor en mis pupilas.

Lo que más me molesta es la incapacidad de poder explicar el fenómeno de manera clara. No atinar a decir, por ejemplo, 'ese vaso se va a caer' antes de que se caiga. Y es que ambos, el hecho y la prefiguración, suceden casi al mismo tiempo. Y para cuando nos damos cuenta que está sucediendo, ya ha pasado. Si pudiéramos asimilar el instante cuando llega, podríamos alterar, quizás, algunos resultados. Sabríamos sin dudas entonces que se trata de una especie de extra-sentido. Y ya no me mortificarían esta necia sensación de haberlo vivido ni la impotencia de no saber a ciencia cierta si fue o no un sueño. Desde aquella vez no he vuelto a sentirlo. Creo que sólo le ocurre a los que pueden ver.

Atoidi y el tiempo

"...aunque no puedo moverme, y tengo que hablar por medio a una computadora, en mi mente, soy libre."

Stephen Hawking

Atoidi se acomodó en el banco de hierro que entorpecía la yerba y, arrepentido, lloró. La luna era un huevo mal frito en el caldero de la noche y el viento concluía en un olor incalificable. Atoidi temía levantar los ojos y hallarlo todo estático. Por eso decidió sacarse los ojos, para no atestiguar su propia macabra obra. Un ruido como de maleza violada le llegó promisorio mientras debatía su suerte. Abrió los ojos entonces, buscando el perpetrador del ruido. Al abrirlos se dio cuenta que nada había cambiado. Todo estaba absurdamente tranquilo como siempre en el parque; y las lagartijas seguían arrastrándose sin vergüenza; y las luciérnagas seguían pretendiendo que eran astros; y los arbustos seguramente continuaban creciendo secretamente, como todas las vainas de la vegetación, que las hacen en secreto, las muy presumidas. A una ciudad de distancia estaba la ciudad, y Atoidi pensó que si se concentraba podría escuchar los ruidos de los automóviles; y que si se concentraba profundamente, como cuando decidió detener el tiempo, podría incluso escuchar los ronquidos de los maridos, ajenos al insomnio de las esposas. Fue esta revelación lo que le hizo dudar de lo que había hecho. Por más que creyera que había detenido el tiempo, en este momento entendía que había fallado. "Hasta los dioses se equivocan", se dijo, mientras recordaba a Caín. Entonces se levantó del banco de hierro y, corriendo de espaldas, llegó hasta el lugar donde había enterrado el tiempo. La luna, eterna husmeadora, acechaba desde un charco en el suelo. "Ya no importa", pensó amargado. Con las manos hurgó en la tierra que las sombras tenían invisible. Sacó arena y arena y arena, y el friíto de la arena entre los dedos le entretuvo porque era una grata cosilla que no hacía a menudo. Después de un rato, sintió pánico. Se levantó bruscamente, y mirando a todos lados, supo que había olvidado el lugar secreto donde lo había escondido. Todas las sombras lucían iguales. Miró a todos lados, a todos lados del mundo, hasta adentro de las pirámides estaba viendo ahora, pero los dedos de la noche -él nunca había reparado en ello- eran demasiado largos, y la oscuridad era demasiado negra en todos lados. Tuvo una idea. Corrió hasta el banco de hierro y una vez allí, intentó acordar con las luciérnagas algún tipo de pacto. Pero pronto desistió: la arrogancia de esas menudas farolas le asqueaba. "Tanta vanidad por un poco de luz en el culo", pensó. "Qué hago ahora? Qué hago ahora con el tiempo de mierda este, que lo he detenido y ahora no sé dónde lo he puesto? Y ahorita se despierta aquel tirano a dar latigazos de luz" Asustado, Atoidi pensó que lo mejor era entonces huir. "Claro", exclamó como si le hablara al aire, "me voy de aquí, de la noche, y cuando el sol abra sus ojos, bueno, a él que se las arregle en un mundo sin tiempo".

Sin perder tiempo corrió hacia la ciudad, pero apenas había dado cien pasos recordó dónde había escondido el tiempo. Meditó. Sin prisa se devolvió por el camino de las sombras conocidas y arrastraba los pies, como para no llegar. Cuando estaba sobre la tumba del tiempo, se apresuró a sí mismo, y hurgando en la tierra de nuevo, lo halló. Estaba en una cajita de metal de un color cromado y verdoso, como una pena, y al destaparla, casi se sorprende de lo bien conservado que estaba. Era un reloj Seiko que su padre le había regalado pocos días antes de morir. "Papá, susurró, gracias a Dios que lo encontré, porque usando tus alquimias y hechizos, quise detener el tiempo de esta noche. Pero me equivoqué. Ahora voy a correr a la casa a leer el embrujo de nuevo porque sabrá Jesús en qué otro mundo la noche se ha hecho eterna."

Ensayo de las sombras

"...las fronteras que dividen la vida de la muerte
son en el mejor de los casos sombrías y vagas.
¿Quién podrá afirmar dónde termina una, y dónde
comienza la otra?"

Edgar Alan Poe

Un hombre conocí que sabía de sombras. No como yo, que apenas doy una, y deforme; o que las confundo todas con la oscuridad. Las distingue él, las agrupa, las clasifica. "He aquí la sombra del ciprés, aquella menuda entre las picudas es la del colibrí; esta otra, que se ovala, es la sombra de mi cabeza a tu lado." "Las que parecen montes son los senos de esa mujer; la sombra del gato es el gato mismo; la sombra de mis dedos no es fiel a ellos; tus labios a penas se *asombran*." Cuando le conocí, no pensé gran cosa de sus virtudes. No hay relevancia entre sombras, son charcos sin luz, me dije. Pero el hombre me aseguró que es otro mundo, el de las sombras, como lo es también, por supuesto, el de los reflejos. "No subestimes las sombras, muchacho. Son, como tú y como yo, seres difíciles de entender." Pensé, y le dije, que aquello era una broma. "No bromeo con las sombras. Son seres sin humor. Reirías tú si tu destino fuera deformarte entre rayos de luz y obedecer sin voluntad a otro ser que raras veces recuerda que existes?" Quedé serio entonces. "Las sombras son almas pecadoras; y su existencia no es más que uno de esos ingeniosos castigos de seres macabros." Reí entonces a carcajadas. El hombre, paciente, no pareció ofenderse por mi indelicadeza. "Entonces usted cree que mi sombra es el alma de otro hombre, de un hombre malvado." "Lo creo profundamente." "Dígame entonces por qué tienen sombra el árbol, la pared, la silla? Ellos también pecaron en vida?" Yo mismo me asombré de mi sarcasmo. Pero no él. El seguía tranquilo, mirando a la distancia, como si escudriñara el horizonte. "Ese es el peor de los castigos, muchacho." Por primera vez su voz arrastró algo de emoción, pero sólo un viso. "Esas almas son devueltas al mundo. Están vivas, muchacho, porque las almas no mueren. Pero están vivas de otra forma; es otro tipo de vida, a otro nivel, en otro plano. Pero no dejan de padecer, de sentir, de percibir. Imagina entonces la angustia de volver a la vida sin vivirla. ¿Imaginas estar en la tierra, atado a un árbol, todo el tiempo? ¿Puedes imaginar esa inmovilidad? ¿Estar consciente de los hombres, de las mujeres, del movimiento, del beso en el parque, del día? ¿Entiendes lo que es ser reloj? ¿Ser poste de luz? ¿Un candado olvidado en una gaveta? ¿Ser solamente cuando abren la gaveta y la luz entra por un instante, un instante que te muestra apenas el espacio de tu cautiverio?" Sentí escalofríos. Cuando un hombre habla y la convicción le rebosa la comisura del labio, el corazón de quien escucha se encoje. "¿Quiénes son ellos? ¿Los condenados a la inanición? ¿Qué pecados han cometido?" Sentí, mientras preguntaba, que me temblaba la boca, y no pude evitar mirar el banco, la casa, la mesa. Y detrás de ellos, sus sombras perfectamente inmóviles, luchando por ennegrecer la luz. "Nadie lo sabe, muchacho." "Pero, ¿no hablan algunas personas con los muertos?" Pregunté nerviosamente, con algo de inocencia. "Sí, son ellos, quizás, los que han develado estos secretos. Pero no las sombras. Las sombras están en un lugar y un espacio ajenos al mundo de los muertos. Están más cerca de nosotros que de ellos, aunque su forma etérea se asemeje más a la suya. Una vez vueltos sombra, ya no pueden comunicarse. Adivino que quizás entre ellas mismas lo logren. En todos los niveles, hay formas de comunicación." Como para ilustrar las imágenes de su oratoria, el mundo se fue oscureciendo. La noche, que no espera invitación, se nos vino encima. Pensé entonces en las sombras. "¿Qué pasa con ellos, con esas almas, cuando cae la noche y todo es sombra?" "La sombra y la oscuridad no son la misma cosa. Aunque hay quien dice que la noche es la sombra de Dios, lo cual es incongruente. Dios no tiene sombra. Está hecho de luz. En todo caso, la oscuridad es parte del trato existencial, parte del balance universal. Para que exista la luz, es necesario que exista la tiniebla." "Pero esas sombras entonces ¿no pertenecen a las tinieblas?" "No...esas sombras son parte de otra tiniebla, de otra oscuridad. Una que se basa en lo que se hizo en vida. La maldad, como la bondad, son las caras de una moneda infinita. Las almas condenadas a ser sombra se mezclan con la lobreguez de la noche, pero no son parte de ella." "Pero ¿dónde están si no se distinguen?" "Están." Ambos callamos. Meditábamos. Yo acerca de lo que me contaba. El, no lo sé. A lo mejor pensaba en el horizonte que ya no estaba. De repente me preguntó si alguna vez había viajado a otro país. Asentí en silencio, mientras le miraba. "Una vez que has estado en ese país, ¿no te has preguntado si ese suelo no es, quizás, el mismo suelo que te hicieron creer que dejaste?" Me pareció una cosa tonta e infantil. Pero al pensarlo, no lo fue tanto. "Cuando te montas en el avión, y miras hacia abajo, sólo vez agua, nubes, espacios indefinidos. ¿Quién te asegura que estás en otro sitio? Es tan grande el mundo que no puedes comprobar que no hay otra forma de llegar por tierra a donde querías llegar. Pero no sólo eso. Las personas que dejas atrás, ¿dónde quedan? ¿Acaso existen esas personas que no ves? Esas personas que no te hablan, que no tocas, que no te sonríen, ¿existen?" "Claro" Callamos de nuevo. Entonces, en el silencio, entendí su punto claramente. Las sombras están en la noche, aun cuando no sean identificables en ella. Al igual que las personas que dejamos atrás al viajar, que siguen estando, aún si no los volvemos a ver. Dando un paso decidido, se despidió de mí el hombre que sabía de las sombras. "Cuídate, muchacho. Ya me tengo que ir", me dijo. "Adiós", dije sin convencimiento. "¿A dónde va usted, amigo?" Pregunté impulsivamente, y él, sin voltear, me dijo que tenía que encontrarse con alguien en algún lugar más allá del horizonte. "Es lejos" comenté. "Nada es lejos, muchacho, todo es relativo, como las luces y las sombras, que son metáforas vivas del bien y del mal." Bostecé antes de poder decir algo, y al hacerlo, mis ojos se cerraron por el más breve de los instantes. Cuando los abrí, ya no estaba. Miré a todos lados, asustado. A la hora de la cena, me convencí de que había estado oscuro y que a lo mejor se había ido entre los arbustos.

Esa noche, en mi cama, me tomó tres horas dormirme. La lámpara de la calle me tiraba a la pared una sombra grotesca, que no perdí tiempo en pensar que podía ser la de Atila.

De microbiología, religión, y cosas siderales

"...no es natural tener en un terreno amplio una única siembra de trigo, y en el universo infinito, un único mundo habitado..."

Metrodorus de Chios

El laboratorio era de luz. Los niños habían entrado en fila y cada uno se acomodó en el lugar donde le correspondía. Eran en total ocho y estaban entusiasmados. El profesor, que hoy destellaba sublimes azules de sus extremidades, les mostraba el uso apropiado del Nanoscopio mientras explicaba en detalle las maravillas de la microbiología. "...indudablemente, el ámbito microscópico encierra lo que podríamos llamar otros mundos..." Los pensamientos del doctor llegaban claramente a las mentes de los jovencitos. "...mientras más se agudiza el lente, más increíblemente diminutas criaturas descubrimos..." Uno, curioso, preguntó "¿y son estas criaturas peligrosas?" El número cinco replicó "Son microscópicas, no pueden hacernos daño" El profesor, paciente, les explicó que el tamaño es un factor engañoso para determinar lo que puede o no hacer daño. "...al contrario, mientras más diminuto el enemigo, menos probabilidades hay de descubrirlo a tiempo, antes de que nos aniquile..." Los niños, asustados en las implicaciones, callaron. "Quiero que ajusten el lente al nivel 6.66/1513" Dijo el profesor. Los niños, utilizando sus tentáculos mentales, ajustaron el lente de luz de su Nanoscopio, aunque a algunos se les dificultó. Cuando ya lo tenían, se maravillaron de lo que veían, aunque, uno que otro sintió náuseas. "¿Qué ves, número cuatro?" El niño, aun sorprendido, intentó describir aquellas increíbles imágenes "No sé bien...es como una colmena de diminutos insectos." El número tres interrumpió, emocionado "...son muchos, y feos..." El profesor sonrió y las luces llenaron el laboratorio. "Este nivel que ven, es aún más hostil de lo que pueden apreciar..." Un ácido silencio ocupó sus mentes translúcidas. El número dos se aventuró "...y de qué están hechos, no son como nada que haya visto antes..." "..están compuestos de una materia inexistente en nuestro mundo..." Pensativo, el número ocho preguntó "¿cómo puede existir materia que no conocemos si están dentro de nuestro mundo?" "Es una buena pregunta, Ocho, y la respuesta puede ser simple. ¿Acaso no existe la electricidad? ¿La ves? ¿Acaso no existe el conocimiento?" Los niños callaron, mientras seguían asombrados observando aquel imposible mundo dentro del lente de luz. "Profesor, no tienen inteligencia estas criaturas, ¿o sí?" El profesor estaba complacido con la madurez mental de sus pupilos. "Ciertamente, son inteligentes, lo único que lo son de una forma diferente." "¿Más inteligentes que nosotros?" Algunos rieron. "Suena gracioso e inocente, pero es una pregunta valedera, " Contestó el maestro. "Se ha descubierto que, aunque aún incomprensibles para nosotros, tienen ciertos patrones que sugieren alguna especie de organización civil." Algunos rostros mostraban dudas. "Es decir, puede que tengan una civilización, que tengan tecnología, que hayan descubierto cosas que a lo mejor nosotros desconocemos." En ese momento, los relampagueos que anunciaban el final de la clase se hicieron presentes en sus mentes y el profesor se despidió de ellos cordialmente. Antes de irse, el número siete se detuvo y le preguntó "Profesor, ¿son muy peligrosos?" El profesor, obligado a la verdad, le dijo "Tanto que se destruyen entre sí." El niño sintió temor. "¿Hay forma de que nos ataquen desde allá?" "No lo sé", contestó el profesor tranquilamente "Pero tampoco tendríamos forma de evitarlo si un día nos invaden, así que es mejor no pensarlo. Además, calculo que somos tan enormes para ellos que tendrían que ser verdaderamente brillantes para enterarse de nuestra existencia. Aunque no descarto que alguno de nosotros haya intentado comunicarse con ellos en algún momento." El niño comprendió y volvió a despedirse. Ya cuando estaba un poco alejado, volteó una vez más. "profesor, ¿tiene nombre ese mundo tan microscópico?" "Claro", contestó el maestro, "se llama Tierra, y es apenas uno de millones de círculos microscópicos en el sub-mundo que los científicos llamamos Omsoc. A los depredadores les llamamos *Hombre*."

Edgar Smith

El preso que lloraba

"...nos amamos mutuamente con un amor prematuro, marcado por esa fiereza que con tanta frecuencia destruye la vida de los adultos..."

Lolita,

Vladimir Nabokov

La sombra dibujaba figuras de una geometría foránea. La luz no era aun de la luna, pero ya se iba oscureciendo el cielo, y afuera el estío abrazaba la tarde, ya moribunda. Visto de frente, cuatro astillas de sombra surcaban su rostro, oscureciéndolo a pedazos, y se movían casi con agonía, al ritmo del crepúsculo escarlata. Vio otra vez los pequeños barrotes en la ventana y se sonrió con lástima de sí mismo. No eran muchos, pero le alcanzaban los ruidos del centro del pabellón. Voces enmudecidas hablaban de cosas que no lograba distinguir. Algún preso castigaba un barrote de acero con su bota, y el seco golpe les recordaba a todos que el tiempo sólo acaba con los hombres. El tiempo de las cosas es otro. Cerró los ojos y los apretó hasta que le dolieron las pupilas. Instintivamente, se llevó las manos a la cabeza y, sin proponérselo, se metió de lleno en un recuerdo. Fue la primera vez que la vio. Ya eran siete años de eso. Los detalles de su cara los deshacía la pátina del tiempo. Sólo recordaba que poseía una belleza intensa e incorruptible. Su pelo, rubio y rizado, caía sobre sus hombros como una maldición, y en sus ojos, su mirada estaba nunca quieta, siempre hurgando, cuestionando como un recién nacido la vida entera. Dos días permaneció viendo sus largas piernas, saboreando el huidizo placer de sus senos, complicándose la vida con los cayos de la diestra. Dos días la vio entrar y salir del liceo, con su uniforme de niña y con su voluptuosidad de mujer. Y ella, que ya lo había visto muchas veces, le sonreía con la picardía que da el misterio; y con los ojos ardientes le invitaba al gusto secreto de su boca, a la arcana malicia del deseo. Cuando chocaban sus miradas, él volteaba antes que ella. Si caminaba hasta él, las manos del pobre hombre temblaban, le sudaba la frente, y en la entrepierna, vibraba casi con vergüenza su brutal instinto. Ella pedía lo que quería, y él, mirando a todas partes menos a sus ojos, dejaba caer cosas, contaba mal el dinero, se atoraba con sus propias palabras, y tosía hasta que ella se marchaba con sus amigas, riendo descaradamente, volteando con disimulo, dedicándole sus iris venenosos, y a la vez, suplicantes; como quien da esperanza, deseándola.

Dejó caer las lágrimas. Cuando llegó a la prisión, le avergonzaban. Los demás creían que era el encierro. Eso era menos vergonzoso que la verdad. Luego había llorado tanto ya que se le secaron los lagrimales y, cuando lloraba, le airaba aquella impotencia de sus ojos. Pero había vuelto a llorar ya, y lo hacía en complicidad con el silencio y la memoria, bajito, casi una plegaria indecorosa, y con paciencia, justo como aquel que se sabe más preso en la soledad que entre barrotes duros; una verdad opacada por una mentira sanguinaria.

Las lágrimas siempre habían sido de amor. El primer día que la tuvo, sintió inexorablemente que la perdería. Esa tarde, ella caminó hacia él y le dijo que no tenía que regresar a su casa hasta el anochecer. Fue la primera vez que sostuvo su mirada, y en sus ojos de fiera en calor, perdió la poca cordura que tenía. Recogió la mercancía cuando aún no había vendido la mitad de lo acostumbrado, y habiendo acordado encontrarla a tres cuadras de allí, se marchó arrastrando el triciclo con una pesadez en el alma que le hacía temblar las rodillas. Mientras caminaba, temía. Era imposible que ella estuviera esperándole. Se dijo a sí mismo, *"e' una locura"*. Pero su corazón bombeaba más esperanza que sangre. La vio parada bajo un flamboyán, y contrastaban las rosadas florecillas con el azul de su blusa, y el paisaje a su alrededor era una borrosa pintura. Sólo ella y su fuego destacaban, y era como si nada más existiera en aquel plano. No supo qué decir cuando se le acercó, y luego, encerrado en su cuarto, se daría cuenta que lo único que dijo antes de llegar a su casa fue que había que coger un carro público, y su voz salió rota, como pidiendo perdón por su miseria. Ciertamente, ya presentía que aquel encuentro sería el final de su vida.

No titubeó para para dejar el triciclo amarrado al flamboyán, como si se tratara de su parqueo privado. Caminó en silencio y juraba que todos los que pasaban por su lado podían escuchar su corazón. Ella, pícara, coqueta, endemoniadamente bella, le miraba de reojo y sonreía con malicia, con esa malicia de quien se sabe indispensable; consciente de que él la amaba tanto que no le era posible pronunciar siquiera una palabra. Viajaron en el carro público como si no se conocieran. Y él, cada vez más consciente de su aspecto, miraba con el rabillo del ojo, porque sentía el ojo acusador de quienes le rodeaban. Cuando tuvo que pagar, del nerviosismo se le cayeron las monedas, y ella no pudo, o no le dio la gana, de ocultar la burla en su risa. El chofer se enojó por el tiempo que perdió intentando recogerlas. Pero, en verdad, nada de eso importaba. El simplemente no sabía qué hacer o cómo actuar. Cuando ella salió del auto, él vaciló por un instante. Tenía vergüenza que los demás pasajeros se imaginaran siquiera que una niña tan hermosa andaba con un puerco como él.

A las dos y treinta y dos minutos llegaron a la casucha, donde sin decir una sola palabra encontraron ciento veinticuatro minutos de una gloria que él sabía prohibida; y hallada por muy pocos. No hubo palabras de aliento, sólo aliento: áspero, rancio, presuroso. No hubo promesas, ni siquiera en las pupilas. Sólo hubo pieles derritiéndose en muda entrega. Ella gemía y él, con los ojos apretados para no perderla, se adentraba en ella como para poseerla aún más allá del cuerpo y la belleza. Era, simplemente, que la amaba más que a sí mismo, y ya no había vuelta atrás. Ya nada le importaba, y sentía que debía ser así porque desde ese momento ya su vida no era suya, y que ella, también lo sabía (aun cuando la lava que ella le brindaba le quemaba muy hondo tratando de darle esperanza) tampoco era suya.

Bastaron tres días para amarla. Bastaron unas pocas miradas para acostarlo con ella. Bastó hacer el amor para condenarse a perder su vida. Cuando se encontró solo en su cama, libre de todo, como Adán, la pensó toda la noche. Y aun entonces sólo pudo murmurar un *"Diablo, coño!"* bajito, como si temiera que de algún modo su voz pudiera deshacer la memoria.

Al otro día fue a la escuela y la esperó en la esquina. Regresó lleno de ira a su casa porque no pudo encontrarla. Lloró de rabia y de impotencia esa noche entera, y cuando amaneció, sin cambiarse siquiera la ropa, regresó a la escuela. El día entero lo echó recordando sus labios frescos con sabor a goma de mascar; su pelo enredado en sí mismo, y cómo contrastaba su dorado esplendor con la noche de su piel.

Alguien lo reconoció y le preguntó por el negocio, pero no supo qué decir y sólo atinó a asentir con la cabeza, ofreciendo algo horrendo y frío, que él creyó que era una sonrisa. Cuando salieron los alumnos, la vio sonreír con tal sencillez que se preguntaba si no había sido un maldito sueño aquello, si se estaría volviendo loco. La siguió con cautela y a la distancia, hasta que se quedó sola a tomar el carro público. Pero aun así, la amaba tanto, y la sentía tan alta, tan inalcanzable y prohibida para él, que le temblaba la voz para hablarle. Y no lo hizo, quizás hablarle, después de todo, era más íntimo que tocarla. Ella volteó y le sonrió, y en su pecho, era como si todo se derrumbara, se armara, se estrechara..."no te había visto", fue todo lo que ella le dijo. Aquella tarde, después de hacer el amor hasta el ocaso, él la observaba mudo, absorto en su delicada hermosura, incluso mientras ella se vestía, sus ojos marchitos seguían cada uno de sus movimientos. De repente, ella volteó y le preguntó su nombre. "Pedro", dijo, con miedo. Y no se atrevió a preguntarle el suyo. Su voz resonaba en su estómago como una indigestión. Pero su sabor navegaba de muslo a lengua, de ombligo a cerebelo, como una poderosa promesa de amor eterno, de condena absoluta.

Cuando llegó a la esquina donde ya la había esperado las anteriores veces, alguien le señaló desde la otra acera. Pero estaba tan envuelto en el recuerdo de su pelo de oro, que no se dio cuenta que los hombres que se le venían encima no tenían intenciones de saludarle. Lo tiraron al suelo; lo patearon; le amarraron las manos a la espalda; y entre la conmoción de la gente y los insultos de sus atacantes, sus ojos asustados la buscaban. La buscaban suplicantes, como si al verla, el dolor desaparecería. Como si al verla, pudiera su corazón hallar la fuerza para saberse mártir de su amor. Pero no la vio. Y no tenía forma de saber en ese momento que el día anterior, cuando al salir a la calle sin asfalto de su casa, cuando quiso decirle que la amaba, y sus ojos de niña ya no tenían un solo destello de puta, sino que le miraban con algo desconocido para él, pero parecido quizás a una plegaria, como una ofrenda de ternura que le alcanzaba, había sido la última vez que la vería en su vida entera.

Al no llegar, su padre, el teniente Gamada, se dispuso a averiguar dónde andaba. No tardaron en contarle que la habían visto montarse en dos ocasiones en un carro público con un tipo que vendía frutas en un triciclo. No tardó en averiguar que el tipo, un moreno asqueroso y pervertido, la acosaba, la esperaba en aquella esquina todos los días, y probablemente, la obligaba a irse con él, sabrá Dios bajo qué amenazas.

El juicio duró dos horas, y en ese tiempo sólo habló el abogado de la familia Gamada. El juez lo sentenció a veinte años, y ni siquiera le escucharon. A ella no le permitieron estar presente porque era menor, y, según su propia madre, estaba destrozada por la vergüenza de haber sido violada por aquel animal.

Cuando entró por primera vez a la celda, rompió a llorar, y se juró que esperaría un año para matarse. Sin admitirlo, esperaba entonces que ella fuera a verle. Ya se cumplían siete; jurándose cada año que sería el último de su espera por ella.

Ya para entonces se había resignado a su suerte y a su soledad. Por eso, sin pensarlo, esperó que el preso que golpeaba los barrotes con la bota cediera a las tentaciones del sueño, y concentrándose en la silueta incorruptible de su amada niña, y de sus tardes incandescentes, se lanzó desde el quicio de la ventana, donde el crepúsculo ya moría, para dar paso a la noche, la cual, desde su grotesca posición de péndulo inerte (tensa la soga como la mirada del padre ante sus hijos hambrientos) se le antojó eterna y misericordiosa.

Allá, en la Arena

"...Un acero entró en el pecho,

ni se le movió la cara;

Alejo Albornoz murió

como si no le importara..."

Milonga de Alejo Albornoz,

Jorge Luis Borges

El hombre que vivía en la casa verde de la esquina murió exactamente el día que yo cumplí mis dieciséis. Mi abuelo, el eterno defensor de los vecinos, prohibió tajantemente fiesta de índole alguna. Eso y una historia que él mismo -mi abuelo- me contó un día (historia que, desde el primer momento, me he inclinado a dudar) son los únicos dos recuerdos coherentes que tengo de ese personaje. Lo que me motiva a escribir es precisamente la historia antes mencionada, la supuesta anécdota de cómo mi abuelo llegó a conocer a Plutarco, que así en vida se llamó el vecino, probando de paso falsa la teoría de que los nombres matan.

Según mi buen abuelo, por allá por los principios de los años cuarenta, cuando él era un veinteañero con aspiraciones europeas y tenía un empleo de lujo como taquígrafo nada más y nada menos que en el correo, devengando un sueldo estratosférico de $120 pesos oro al mes (el cual sus amistades abiertamente envidiaban) una tarde se apersonó a sus oficinas una señora reclamando una correspondencia. Mientras esperaba, y al darse cuenta de que Carlos, mi abuelo, no parecía muy motivado a la redacción de la misiva que tenía en frente, se prestó a ofrecerle, de manera gratuita, la siguiente noticia: Ella había pasado por un pueblo donde no había hombres. Con el entusiasmo reservado a la lectura de lápidas, Carlos asintió, a manera de entendimiento. La señora, que pareció no notar aquel sutil acto de indiferencia, continuó su explayamiento del tema, dando a conocer la hondura del misterio de aquel lugar imposible. Criado por su madre, Carlos llevaba entre las venas la insufrible costumbre del respeto absoluto hacia sus mayores. Aun si a los tres segundos no pudiera recordar un solo detalle de lo relatado por la gran conversadora, interrumpirla, o abiertamente ignorarla, eran opciones simplemente inexistentes para el aspirante a europeo.

Lo curioso fue que de tanto hablar y repetir lo mismo, Carlos se sorprendió en un momento dado haciéndole preguntas acerca de lo expuesto. Preguntas que la señora amablemente respondía una y otra vez, repitiendo las respuestas, asumiendo quizás que alguna deficiencia intelectual plagaba las neuronas del muchacho. El asunto es que según la mujer, ella había pasado dos noches en un pueblo que se llama la Arena, en San Pedro de Macorís, y que se sorprendió de que en esos días y sus noches no vio un solo hombre. "Ni an uno", enfatizó. Esa mujer, Gavina, que así le llamaban, le dijo a Carlos que aquello le dio grima, porque era algo insólito. Dijo que antes de irse le había preguntado a la señora que le vendió la mula que por qué ella no había visto hombres en el pueblo, y la señora se hizo la sorda, le entregó la mula, y se metió a su casa. En eso, alguien halló la carta e hizo entrega de la misma. Gavina, la muy sociable, como por arte de magia cortó la conversación, se despidió, y se fue.

Mi abuelo, contrario a lo que él se habría imaginado, fue embargado por una extraña curiosidad. Ilógicamente, sintió una urgencia insoportable de saber más acerca de lo que la doña le había contado. Como si eso fuera a ayudarle, le contó lo poco que sabía a sus compañeros de trabajo, quienes, como era de esperar, no le hicieron el menor de los casos. Pero esto no le bastó. Al llegar a casa le contó a su mamacita la historia de la señora y del pueblo sin hombres, y mi bisabuela le dijo que eso a él no le importaba. A la semana, ya mi abuelo no podía dormir. Al cerrar los ojos, se transportaba de inmediato a aquel pueblo sin hombres. Se veía en medio de la calle, vestido de saco y corbata y con un maletín negro en la derecha. La pose no le duraba mucho porque de repente un grupo como de veinte mujeres salían de un callejón, armadas hasta las pestañas, dispuestas a lincharlo. Soltando a su suerte el maletín, se veía correr sin rumbo fijo, muerto de miedo. Entonces despertaba sudando, mirando a todos lados, convencido de que esas mujeres le seguían. Las pesadillas continuaron por varios días, y cuando no aguantó más, pidió una semana de vacaciones, y se dispuso a averiguar si era o no verdadera aquella historia.

Al llegar a la Arena, lo primero que sintió fue un gran desasosiego. Notó de inmediato que las pocas personas que estaban en las calles eran, efectivamente, mujeres. Notó que todas vestían de negro, a pesar del terrible calor, y que la vida transcurría como si nada. Una o dos mujeres voltearon a verle, pero fue más por su clara condición de forastero que por otra cosa. "¿Qué esperabas?" se increpó a sí mismo "¿Que te echaran por ser hombre?".

A una joven de unos quince años, que cargaba unos galones con agua, le preguntó dónde podía beberse un jugo frío. La joven, sin interés, le dio unas pobres direcciones. Tardó diez minutos en encontrar el lugar, que resultó ser un colmadito a orillas del descalabro absoluto. Una señora de unos cuatrocientos años le preguntó con poco ánimo qué se le ofrecía. "Un jugo, por favor", "¿tamarindo o jagua?", "Jagua, por favor, que el tamarindo da sueño", y sonrió. La doña pareció no oír el chistecito, y se dispuso a prepararle el jugo. Mientras, Carlos deliberaba cómo introducir el tema de la manera menos sospechosa posible. "Aquí tiene. Cinco chele." Cinco cheles le pareció una exageración a Carlos por aquel diminuto vaso de jugo, pero no protestó. "Aquí los tiene. Y gracias, está muy bueno." "Ujum" regurgitó la doña. Se paró, se acomodó la camisa, el sombrero (en Europa, lo sabía, se usaba) y dio tres pasos, sonriendo amablemente mientras se despedía. En eso, entró una veinteañera con ojos de almendra y boquita de condena al último anillo del averno. Llevaba vestido de flores hasta las pantorrillas y unas chancletas que habían visto mejores épocas. Carlos, aturdido de tanta belleza, se quitó el sombrero y se hizo a un lado, y la jovencita, extrañada y entretenida, sonrió, para de inmediato requerir de la hermana de Matusalén algunas verduras.

Carlos la esperó afuera, decidido a abordarla. Cuando la joven salió, le vio parado a unos pocos metros y volvió a sonreír. Carlos aprovechó el momento. "Joven, disculpe. Quisiera hacerle una preguntita nada más." La muchacha, que ya se había puesto seria, asintió, invitándole a continuar. "Es que ando de parte del correo, trabajo allá, y me han encargado averiguar algo acerca de unas cartas, pero no sé por dónde comenzar a buscar..." Carlos, en su afán de no parecer un idiota por preguntar por qué no veía hombres en las calles, improvisaba mentiras que lograban, irónicamente, el mismo resultado. "¿Conoce usted al Sr. Juan López?" La muchacha negó con la cabeza, y dio un paso. "Oh, ok...entonces, a lo mejor conoce a Pedro Rodríguez...", insistió. La muchacha repitió el gesto. En eso, Matusalena se paró en la puerta del colmadito. Carlos la vio, y trató de ignorarla, pero había algo en aquella señora que le inquietaba. La muchacha, aprovechando el desenfoque del forastero, avanzó unos tentativos pasos. Carlos volteó e intentó retenerla, pero la voz de la colmadera retumbó en sus orejas como si estuviera apenas a un paso de él. "oiga, uté. ¿Qué e' lo que uté buca aquí, eh?" La mujer escupió algo verdoso, muy verdoso, mientras hablaba. Carlos, un tanto asustado, no tuvo más remedio que acercarse. "..este, es que trabajo en el correo, y me encargaron unas cartas para unos señores...em, pero no sé dónde viven, o vivían..eh..." Los ojos de aquella señora, notó Carlos, eran en exceso finos, como dos hendijitas, por donde a duras penas sí se dejaban ver unos iris muy desgastados y fríos. El arco formado por la ceja derecha denotaba duda. "¿A qué critiano e' que uté buca?" "eeh...se llama, eeh...José Rodríguez...no, no, Pedro Rodríguez..." Mintió nervioso. "óigame, aquí no ta ese tal rodrigue, así que ta peldiendo su tiempo..." Carlos sintió que en verdad perdía su tiempo. Esta versión de museo de una mujer no le daría ninguna información útil, pensaba, cuando de repente, la doña hizo un último comentario. "...se pue'dir, que aquí ni hombre hay." Carlos calló por un momento. "...que no hay hombres?", preguntó simulando una sorpresa que era de por sí verdadera. "¿uté e' ciego?" Rió la momia sin vendas. "¿o uté ha vito algún hombre en eta calle?" dijo burlona, enseñándole al buen muchacho tres ennegrecidos y dispersos dientes. "No, no...es curioso, no he visto hombres aquí, ahora que lo menciona. ¿Dónde están?" "Muerto." Dijo la anciana, ni una pizca de humor en su rostro. Carlos tragó, al parecer, arena. "¿Muertos?" "¿Uté e sordo? Muerto, muerto...to..." Carlos no podía creer lo que escuchaba. "Pero, ¿cómo así, señora, cómo se pueden morir todos los hombres de un pueblo?" La doña, que parecía deliberar con su consciencia, habló de repente " Mano Pablo lo mató a toito..." Por un segundo, Carlos pensó que había escuchado mal. Y, también, creyó haber visto un fugaz destello de sentimiento en aquellos ojos casi chinos. "¿Mano Pablo?" "Sí, Mano pablo, ese degraciao, mató a to lo sombre de la

Arena." Un segundo más de silencio, y ya la anciana no paró de hablar hasta contar toda la historia.

Cuatro meses atrás, Don Ciriaco, el dueño de la gallera, se había ido a recortar a la barbería de Mano Pablo. Dos hombres esperaban su turno. Ciriaco se sentó, pero a los dos minutos, su hija más pequeña, Eterbina, le fue a buscar porque un señor quería hablarle de unos gallos. Ciriaco dijo que regresaba de una vez, que le guardaran su turno. Mano Pablo, enjuto, bajito, y resabioso, le dijo que en su barbería no se guardaban turnos. Ciriaco lo miró y se fue. Cuando regresó, como a la hora y media, un muchacho estaba a punto de sentarse para que lo recortaran. Ciriaco le dijo que le tocaba a él. Mano Pablo, sin mirarlo siquiera, le repitió que en su barbería no se guardaban turnos, y dejándole caer la mano en el hombro al muchacho, lo sentó. Ciriaco, airado, quiso parar al muchacho de la silla, pero se sorprendió cuando pestañeó y se encontró con la muerte. Calló de rodillas, con las dos manos en el cuello, la sangre a borbotones entre los dedos. El muchacho, congelado de miedo, no se movió de la silla. Mano Pablo le echó agua al puñal, le pasó un trapo, se lo puso en la vaina, y recortó al muchacho sin decir una sola palabra. El muchacho no había bien salido de la barbería cuando llegaron los dos hermanos de Ciriaco, con sus machetes en la mano. Según la doña, no quedó muy claro lo que pasó después que Mano Pablo los degolló, pero el pueblo estaba nervioso. Primero fueron los más guapos, de uno en uno, a desafiar al barbero; y a medida que los mataba, los hombres se iban poniendo como locos, mientras las viudas comenzaban un himno de lamentos que crecía cada vez más con los muertos. Los hombres, que vieron el diablo en los ojos de aquel hombre, perdieron el orgullo y se le fueron encima de a dos en dos, de a tres en tres, y luego, cuando ya sólo quedaba un grupo como de doce, se le fueron todos encima al mismo tiempo, llorando también a sus hermanos, a sus hijos, a sus primos, a sus compadres...

Dice la mujer que la masacre duró como siete u ocho horas, no más. Pero el llanto se extendió toda la noche. A eso de las siete de la mañana, ya se sabía que todos los hombres del pueblo de la Arena estaban muertos. El barbero los había matado a todos con su puñal (al que le había nombrado 'Dulce de leche') en la diestra, una toalla mojada envuelta en la zurda, y sin proferir amenazas. Fueron tantos hombres los que mató, que según la doña, se acabó la tela de luto, y hubo que teñir Macario.

Carlos, incrédulo y asombrado, le preguntó qué pasó con el matador. "Na ma se sabe que se fue...no se sabe pa donde..." Dijo la anciana, ya sin el velo de misterio que al principio cargaba.

El día que mi abuelo me contó la historia, me quedé esperando la explicación acerca de la relación que tenían Plutarco (el vecino de la casa verde) y la masacre del pueblo de la Arena. Me respondió: "No tienen nada que ver. Lo que pasa es que el día que regresé de la Arena a la ciudad, calló un aguacero endemoniado que duró como dos horas, y tuve que *aguarecerme* bajo una plazoleta. Plutarco estaba allí también, vendiendo guineos. Ahí nos conocimos. Entre todas las cosas que hablamos, me dijo que una vez había pasado por la Arena y que Mano Pablo lo había recortado. Me dijo que ese hombre tenía mucha furia por dentro."

Luego, me explicó que por casualidad de la vida, unos treinta años después, Plutarco, ya muy enfermo, se mudó a la casa verde de la Baltazar.

Sueño Final

"...a lo único que hay que temer es al miedo mismo..."

Freddy Krueger

Como a las cinco se despertó, y no se volvió a dormir. Del susto, el sudor que le bajaba parecía haber salido de la nevera. Como no podía dormirse, se paró y se puso a escribir. Quiso narrar la pesadilla. Las primeras estrofas le parecieron buenas, pero luego, cuando llegó a lo de morirse, no supo cómo escribirlo. Había sido un sueño muy vivo acerca de una muerte muy real. Algo, al recordar, todavía le temblaba por dentro. Lo curioso ahora era que los detalles del sueño, con el alba, se habían ido opacando. Para cuando salió el sol, y la greca pitó desesperada, ya ni se acordaba. Sólo sabía que había tenido un mal sueño y que se había muerto en él. Pensarlo le daba escalofríos.

Se vistió, salió con quince minutos a su favor, y notó que la gente estaba más ensimismada que nunca. Notó, al rato, también, que un hombre alto le seguía a cierta distancia. En un momento dado, Deja Vu. Un auto se le vino encima y, de súbito, lo recordó todo.

Como a las cinco se despertó, y no se volvió a dormir. Del susto, el sudor que le bajaba parecía haber salido de la nevera. Como no podía dormirse, se paró y se puso a escribir. Pero esta vez, por el rabillo del ojo izquierdo, notó algo diferente. En el espejo, el reflejo del hombre le dijo que no estaba solo. Se espantó, y dando un brinco, preguntó gritando. *"¿Quién eres?"*

El hombre, con absoluta calma, murmuró suspirando: *"Todavía no estás listo."*

Como a las cinco se despertó, y no se volvió a dormir...

Lam y Retsis

"...dentro de nosotros hay algo que no tiene nombre. Ese algo es lo que somos..."

Ensayo de la ceguera

José Saramago

Retsis, su hermana, fue la que contó la historia. A mí me la contó Emsich, con quien compartí tres semanas en un taller de guiones para películas, por allá por el 2001. Emsich relató que la conoció en el Otoño del 1998, cuando ambos eran novatos en un grupo de Rosacruces en la Zona Colonial, en Santo Domingo.

Se atrajeron, compartieron almuerzos, poesías, ideas filosóficas, sexo, y docenas de anécdotas. Tenían, confesó, una poderosa afinidad, aunque no eran almas gemelas. Emsich, como es inferible ya, es (o fue, hace tanto que no sé de él, que se me hace difícil hablar en presente) uno de esos seres humanos cuya mente aprecia tanto, o más, el mundo espiritual como el material. Fue rosacruz, filósofo, poeta, orador, y bohemio. Trabajaba poco y meditaba mucho, y tenía un alto nivel de sarcasmo, con el cual escudaba muchas de sus excentricidades de pobre, incluyendo la holgazanería.

Me contó que una de esas noches, después de una animada sesión donde un gran iluminado había hecho algunas aseveraciones de naturaleza fantástica y dudosa -aún para creyentes en el poder de la mente- mi amigo y la joven caminaron por tiempo indefinido, debatiendo la posibilidad de que esas cosas llevaran en sí algo de veracidad. Fue entonces cuando Retsis, de repente, rompió a llorar, dejando a Emsich sin palabras, que es mucho decir. Al calmarse, le contó la historia de su hermano, Lam, la cual transcribo aquí, según lo relatado por Emsich:

Lam y su hermana se llevaban exactamente tres minutos de edad. De haber sido lo suficientemente amplio el hueco, habrían salido juntos del vientre, ya que nacieron abrazados, tanto por el cordón umbilical como por sus diminutos brazos. Eran idénticos, al punto de la revisión genital. Tenían ojos azules, pelo color roble, orejas enormes, y una marca como de herradura sobre el hombro izquierdo. Lloraron al mismo tiempo y pararon de llorar al mismo tiempo. Si Lam pataleaba, Retsis pataleaba, y cuando uno sonreía, el otro también. Acostados uno al lado del otro, quien los viera pensaría que veía un solo niño, y su reflejo en un espejo. Eran niños de buen humor, y así crecieron. Sus padres los adoraban y los mimaban. Vivieron, hasta los once años, una niñez ideal, llena de sonrisas y de educación. De algún modo sus padres no la llevaban muy difícil, pues educarlos no requería doble esfuerzo, los niños aprendían todo como si fueran uno solo. Todo lo hacían juntos, y lo hacían de la misma manera, con la misma destreza, y a la misma velocidad. En algún momento, los padres notaron ese lazo casi mágico que les unía, y se sorprendieron de algunas cosas, pero le restaron importancia a esos indicios. En verdad, las cosas extraordinarias de los niños se confunden con las ordinarias, pues para los padres todo es extraordinario. Sin embargo, aunque no hablaban de ello, algunas cosas desafiaban su entendimiento e imaginación. Eran detallitos, cosas que se resuelven con una mueca y un encogimiento de hombros. Por ejemplo, en algún momento la madre de Lam le dijo que fuera a recoger los juguetes que había dejado en el cuarto regados, y para cuando pasaba por el cuarto, al minuto o dos, Retsis los acababa de recoger. O si le decía a Retsis que buscara un libro de cuentos, Lam venía con el libro, y se sentaban a escuchar a su madre atentamente. Está de más decir que eran muchos ejemplos como estos, en los que los niños no tenían la necesidad de decirse las cosas para entenderse totalmente.

El día después de su cumpleaños número once, Lam y Retsis despertaron llorando y gritando a mitad de la madrugada. Sus padres, asustados, fueron corriendo a ver qué les pasaba. Los niños habían tenido una pesadilla. Los padres trataron de calmarles, lo que les tomó mucho tiempo, pues estaban inconsolables. A la noche siguiente, un ladrón, intentando entrar a la casa, provocó un corto circuito que de inmediato dio vida a un incendio. Las llamas lo consumieron todo, incluyendo a sus padres. Lam y Retsis lloraron sin parar por tres días consecutivos. Fueron a dar a un orfanato, donde los varones no podían estar con las hembras. Desde entonces se separaron. La tristeza y la impotencia afectaron a Lam. Lo perturbaron al punto de la transformación. En el orfanato conocieron las mezquindades del ser humano. Su conexión era tal, que cada cual conocía las penas del otro. Fue un sufrimiento doble, que duró varios años. Cuando cumplieron catorce años, una familia acomodada adoptó a Retsis. Lam enloqueció de pena. Fue castigado por su conducta, y Retsis sentía que se moriría de tristeza. Aunque los González la trataban como a una hija de su sangre, era imposible para ella ser feliz: la tristeza de su hermano era un ancla en su corazón.

La mañana anterior a su cumpleaños número 18, Retsis tuvo una pesadilla. Como aquella pesadilla que tuvieron ella y Lam cuando niños, sintió que era una premonición, aunque no estaba del todo clara. En una calle desconocida, mucha gente hacía cosas terribles: rompían vitrinas de tiendas, cristales de automóviles, quemaban cosas...aunque no lo entendía, en el sueño su hermano parecía ser cada una de esas personas.

El 16 de Octubre del 1986, Lam salió del orfanato por cumplir la mayoría de edad. Hacía tiempo que su conexión con Retsis se había roto. A veces la sentía, o mejor dicho, sentía su alma, su corazón, y eso le tranquilizaba un poco porque al menos sabía que estaba viva. Retsis, por su parte, no lo había sentido hasta el momento de la pesadilla, cuando supo que algo terrible le sucedería, aunque no sabía explicarse cómo ni por qué.

Lam caminó hasta el puente Duarte. Miró las aguas por largo tiempo. Había decidido quitarse la vida, pero no había decidido cómo. Meditaba, cuando alguien le habló. Era una vieja mujer, marchita de tiempo y de pobreza. Le pedía dinero para algo que él no escuchó. No le estaba prestando atención porque se había quedado atrapado en un inusual brillo en sus ojos. Había algo sumamente extraño en los ojos de aquella señora; algo que Lam no lograba descifrar, pero que parecía latir, como si tuviera vida propia. De repente, el mundo ennegreció y Lam se sintió desmayar. No supo cuánto tiempo pasó, pero cuando abrió los ojos, se espantó de ver su propio cuerpo tirado en el suelo, como si durmiera profundamente. Al verse las manos, entendió que había poseído el cuerpo de la señora. Le entró pánico, un miedo terrible, que lo llevó al borde de la desesperación, incluso ya al punto de lanzarse al vacío. Lo detuvieron quizás dos cosas: que no se atrevía a morir en ese cuerpo ajeno, y la progresiva noción de que, si lo había hecho una vez, podría hacerlo de nuevo.

Según Emsich, Retsis le confesó que tuvo muchos sueños posteriores, en los que veía rostros desconocidos, de gente que parecía adinerada. Ilógicamente para ella, la ineludible sensación de que cada uno de ellos era su hermano le daba una certeza que le espantaba hasta los huesos. No lo podía explicar, pero lo sabía.

En el verano del 1998, Retsis leyó El cuento del ladrón de cuerpos, de Anne Rice, y lo comprendió todo. Sabía que su hermano había descubierto la forma de robarse el cuerpo de la gente, y sabía a cabalidad que era algo terrible, contra-natura. Él también lo sabía, por eso nunca se presentó ante ella de nuevo. El único esfuerzo que había hecho era aquel: el de comprar aquel libro y dejárselo en la puerta de su casa.

Esa noche, la de la confesión de la historia de Lam, estuvieron juntos por última vez. Al otro día Retsis no contestaría el teléfono, ni volvería a la sesión. Cuando a los dos o tres días Emsich pasó por su casa, preocupado, sus padres adoptivos le dijeron con lágrimas en los ojos que se había marchado. La nota que les dejó no decía más que 'los amo' y 'lo siento'.

Oñeus, el caprichoso

"...no lo sé; acaso soy el guardián de mi hermano?.."

Cain

Oñeus nació y se crió entre el capricho, la ostentación, y la fantasía. Al nacer lo encunaron en oro; le mezclaron la leche materna con la de leopardo; le peinaron con dientes de marfil; le oficiaron misas a donde el pueblo no podía asistir, sólo sus padres, su hermano Maerd, y sus quince perros. Creció entre los inmensos pasillos y salones de palacio; entre la música del piano y el arpa; entre el destello del oro y la gracia de animales exóticos, traídos para su distracción desde los lugares más recónditos del mundo. Todo capricho, grande o pequeño, le fue concedido. Se podría decir que sus padres, al saberlo enfermo, quisieron colmarlo de dichas, concediéndole sus más descabellados anhelos.

A los tres años pidió un caballo, y aunque físicamente era imposible para él montarlo, su padre le regaló doce corceles de guerra. Como no salía de palacio, le hicieron construir un establo bajo techo, en un ala anexa, exclusivamente para esos fines. A los cinco años quiso pintar, y le trajeron a su sala (algunos desconsiderados a punta de lanza) a los mejores artistas de la época. Alguna vez quiso un libro y le construyeron una biblioteca. Cuando quemó por accidente uno de ellos, su padre lo tomó como un verdadero acto de revelación de sus más hondos deseos, y mandó a quemar cuanto libro hubiera, incluso allá, por ese sitio que llamaban Alejandría.

Oñeus nació con un solo ojo, con una sola mano y con una sola pierna. Su madre se había resignado a aquel castigo, y culpaba enteramente a su marido por aquella desgracia. Estaba convencida de que su ambición había ofendido a los dioses. Su padre, aunque sin admitirlo, también lo creía, por eso complacía a su vástago en todo.

Irónicamente, Oñeus no era infeliz. Mucho menos, como se podría pensar (y se pensaba) ambicioso. Por el contrario, el muchacho era humilde, y sus deseos y caprichos lo eran también. Pero su padre, sintiéndose culpable, se sentía en la necesidad de compensarle sus limitaciones con cuantas cosas materiales pudiera. Oñeus era un alma poeta. Lo fue desde niño. Contemplaba a los sirvientes, sus gestos, sus ademanes. Disfrutaba de la tranquilidad de sus libros. Apreciaba las obras teatrales que preparaban en su honor. Reía penosamente con los bufones. Prestaba gran atención a la enseñanza de sus maestros. Recitaba, a temprana edad, los versos de Virgilio.

Conscientes de sus limitaciones, sus padres procuraban no admitir jovencitas en palacio. Oñeus no podía pasar por la angustia de enamorarse.

Que no saliera de palacio, nunca parecía molestarle. Que no le llevaran al jardín si quiera, parecía tenerle sin cuidado.

Maerd le odiaba sin vacilación. Veía únicamente las atenciones que sus padres despilfarraban en el minusválido. A él apenas sí le saludaban. Para colmo, el destino divino le había jugado esa mala carta: las leyes eran claras cuando decían que el primogénito no podía optar por el trono si el segundo vástago era varón. La idea de que su hermano, que era un engendro caprichoso, llegara a ser el amo del mundo le sacaba de sus casillas.

Por eso, en más de una ocasión, había ponderado asesinarlo. Algún veneno quizás; a lo mejor, hacerlo ver como un accidente. Pero era prácticamente imposible. Oñeus nunca estaba solo. Su madre, estaba convencido, había adivinado su odio y no lo dejaba a solas ni un segundo con él.

En un instante de lucidez absoluta, comprendió que mientras estuvieran en palacio, no conseguiría lo que anhelaba. Un día, al verlo ensimismado contemplando la pintura de una hermosa niña de rosadas mejillas, comprendió.

Por eso se acercó a su hermano y, casualmente, le preguntó si alguna vez había visto el mercado, el jardín, la luna. Oñeus, curioso, preguntó dónde las encontraría más que en los libros. Maerd rio con gusto y le aseguró que los libros no se comparaban con la realidad. Desde ese momento, Oñeud quiso ver el mundo.

Al principio su padre se negó. Su madre quiso sacarle aquellas ideas de la cabeza. Le dijo que el mundo no era hermoso e interesante como en sus libros, como en sus pinturas, como en la música de su piano. El día que su padre lo halló llorando de su único ojo, le organizó la escolta, una armada para su protección, y, previamente, palabra oficial de muerte al primero que se burlara de su condición.

El último capricho de Oñeus le llegó la tarde que conoció la calle. Llovían pétalos de mil colores y la curiosidad en los ojos de la gente era en sí un espectáculo. Poco tardó Oñeus en ver a una niña, rosada y blanca como una flor en ciernes, apoyada en una columna, a cien metros de él. Nunca había visto algo tan hermoso en su corta vida, más que en aquella pintura. "Son idénticas", pensó.

Oñeus la vio y la amó al mismo tiempo. Le pidió a sus escoltas que lo llevaran hasta ella, y una vez ante sus ojos, que eran como dos colmenas bajo el sol, le dijo que si ella así lo quería, sería la emperatriz de aquel imperio.

El silencio de la bella niña era pesado como la muerte. Oñeus, soñador y enamorado, le recitó versos que quizás Eratos misma le susurraba al oído. Pero era en vano. La niña miraba de una forma hueca al horizonte, su pelo no se movía con la brisa, su mano extendida hacia los pajarillos no parecía cansarse. Al conocer la amargura del rechazo por primera vez, no supo cómo reaccionar, y rompió a llorar. Los escoltas, que se habían estado mirando incrédulos los unos a los otros, no supieron qué hacer. La niña, pálida e inmóvil, no se inmutó.

Desde aquella tarde Oñeus no volvió a hablar, ni a comer, ni a llorar, ni a reír. Se quedó paralizado frente a la pintura de aquella muchacha sin alma. Eran idénticas, imposiblemente idénticas, la niña hermosa de la pintura y la que ignoró su amor esa tarde que lloraba flores.

Desesperados, sus padres no sabían qué hacer, no sabían cómo explicarles lo que debía ser evidente. Los escoltas le habían regresado a palacio derramando ríos de lágrimas de un ojo que se negaba a ver. Cuando el padre, airado, preguntó qué había pasado, uno de los escoltas trató de explicar, pero apenas mencionó la niña, el padre le interrumpió a gritos, ordenando su captura. Consciente de la imposibilidad de dicha tarea, el escolta trató de razonar con el emperador, pero éste, ciego de rabia, desenvainó su espada y lo partió en dos. Con los ojos rojos como un demonio, continuó gritando enloquecido. Los escoltas no tuvieron más remedio que ir en busca de la niña.

Oñeus murió de hambre, de inanición, y de amor. Apenas sí duró dos semanas más. Poco tiempo después, enfermo de tristeza, el emperador falleció inesperadamente. Maerd fue legalmente nombrado sucesor del imperio de su padre. Su madre, aunque murió sin probarlo, nunca más le dirigió la palabra. Su corazón de madre sabía que él había tenido algo que ver con la desgracia de su hermano.

Al quinto día de la posesión del trono, Maerd recibió a Otsub, el mejor escultor de la época, famoso por la viveza de sus obras, y lo designó como su consejero personal. Como símbolo de su ingenio y de su triunfo, le ordenó esculpir una réplica exacta de la magnífica estatua que había construido para enamorar a su inocente hermano.